少年读诺奖经典

伟大的小说

〔美〕海明威 等　著
宋歌 姜小妹 张双　译

中国妇女出版社

图书在版编目（CIP）数据

少年读诺奖经典．伟大的小说／（美）海明威等著；宋歌，姜小妹，张双译．-- 北京 ：中国妇女出版社，2019.1

ISBN 978-7-5127-1657-5

Ⅰ．①少… Ⅱ．①海… ②宋… ③姜… ④张… Ⅲ．①小说集－世界－青少年读物 Ⅳ．①I11-49

中国版本图书馆CIP数据核字(2018)第242118号

少年读诺奖经典：伟大的小说

作　　者：（美）海明威 等　著
译　　者：宋歌，姜小妹，张双　译
责任编辑：宋　罡
封面设计：白砚川
责任印制：王卫东
出版发行：中国妇女出版社
地　　址：北京市东城区史家胡同甲24号　　**邮政编码**：100010
电　　话：（010）65133160（发行部）　　65133161（邮购）
网　　址：www.womenbooks.cn
法律顾问：北京市道可特律师事务所
经　　销：各地新华书店
印　　刷：三河市金轩印务有限公司
开　　本：170×240　1/16
印　　张：13
字　　数：150千字
版　　次：2019年1月第1版
印　　次：2019年1月第1次
书　　号：ISBN 978-7-5127-1657-5
定　　价：39.80元

诺贝尔文学奖
青少年读库

灿若星辰的文字

深如沧海的思想

高山仰止的情怀

……

让孩子在真正的大师陪伴下成长

汲取经典的精神食粮

目录

比昂斯滕·比昂松

（1832～1910）

挪威戏剧家、诗人、小说家，
1903年获诺贝尔文学奖

获奖理由：由于“他以诗人鲜活的灵感和难得的赤子之心，把文字写得雍容、华丽而缤纷”。

文学的盛宴
语言的狂欢

父亲

这篇小说的主角叫索尔德·奥弗拉斯，他是所属教区中最富有、最有影响力的人。

一天，他趾高气扬地来到牧师的书房，非常严肃地说："我生了一个儿子，想带他来接受洗礼。"

"他叫什么名字？"

"芬恩，按照我父亲的名字起的。"

"教父母是谁？"

索尔德·奥弗拉斯说出名字，是索尔德在这个教区的亲属中最合适的人。

"还有什么事吗？"牧师抬头问。

农夫迟疑了一会儿，说："我很想让他单独接受洗礼。"

"那就得在礼拜天以外的时间了。"

"下个星期六，中午十二点。"

"还有别的事吗？"牧师问。

"没有了。"农夫摆弄一下帽子，好像要离开。

牧师站起来，说："还有一件事。"他握着索尔德的手，郑重地望着对方的眼睛，说:“上帝确定这个孩子会给你带来幸福!”

十六年后的一天，索尔德又来到牧师的书房。

牧师看到外貌几乎没有变化的索尔德，惊讶地说:“索尔德，没想到你保养得这么好!”

“这是因为我无忧无虑吧。”

牧师没有多说什么，问:“这么晚来找我，有什么事情吗?”

“我是为儿子来的，明天他要来行按手礼。”

“他是个聪明的孩子。”

“你先告诉我明天他排在第几位，我再付钱。”

“他排在第一位。”

“我知道了，这是给你的十元钱。”

“还有要我做的事情吗?”牧师看着索尔德问。

“没有了。”

又过了八年。一天，牧师的书房外面传来一阵喧闹声，一群人走进来，索尔德站在最前面。

牧师抬起头，认出索尔德，说:“今晚跟着你来的人不少。”

“我来请求公布儿子的结婚预告。他马上要迎娶古德蒙特的女儿卡伦·斯托莉迪，就是站在我儿子身边的姑娘。”

“真不错，她可是教区里最富有的姑娘。”

农夫用一只手向后捋了捋头发，说:“大家也都这么说。”

牧师坐在那里沉默了片刻，好像在思考什么，随后把名字写在簿子上，没有再说话，来人分别在名字的下面签了字。

索尔德放在桌上三块钱。牧师说：“一块钱就够了。”

“我当然知道，但他是我的独生子，我想把事情办得体面一些。”

牧师将钱收起来，说：“索尔德，这是你第三次为儿子来找我了。”

“现在我总算了结了心事。”索尔德扣上钱包，向牧师道别。

人们缓缓地跟在他的后面，全都出去了。

两星期后的一天，天气非常好，湖面上风平浪静。索尔德父子划船过湖，前往斯托利登筹办婚礼。

“坐板没放牢固。”儿子说着便站起来，将自己坐的那块坐板放牢。突然，他脚下一滑，双手一伸，发出一声尖叫，扑通一声掉到湖里。

父亲急忙站起来，递过去船桨，大喊道：“快抓住桨！”

可是，儿子挣扎一番后，就沉了下去。

“等等！”父亲叫道，开始向儿子那边划过去。

这时，儿子仰浮上来，久久地看了父亲最后一眼，沉没下去。

索尔德怎么可能相信会发生这种事！他稳住船，死死盯着沉下去的地方，等待儿子露出水面。湖面上泛起一些泡沫，接着又有一些，最后，一个大气泡破裂了，湖面上水平如镜。

在这之后，人们看到这位父亲绕着那里划了三天三夜，不吃不喝，甚至连眼睛都不眨一下。

索尔德一直划着小船在湖中荡来荡去，寻找儿子的遗体，直到第四天清晨才找到。他抱着儿子的遗体，越过丘陵，向家园走去。

大约又过了一年。一个秋天的黄昏，牧师听到门外的走廊上，有人在小心翼翼地摸索着门闩。他打开门，一个身材高大，却瘦骨嶙峋、弯腰曲背的男人走了进来。

牧师看着眼前这位满头银发的男人，好半天才认出是索尔德。

“这么晚还出来？”牧师站在他面前问。

“是的，是很晚了。”索尔德一边说，一边坐了下来。

牧师也坐下来，似乎在等待什么。

两个人谁都没说话，经历一段长时间的沉默后，索尔德终于说：“我带了些钱，想送给穷人，作为我儿子的遗赠捐献出去。”

说完，索尔德站起来，把钱放在桌上，又坐下。

牧师数了数，很意外地说：“这笔钱数目很大。”

“这是一半庄园的价钱。今天早上，我把庄园卖了。”

牧师沉默地坐在那里，好半天才轻声问：“索尔德，你接下去打算做什么？”

“做些好事。”

他们又沉默地坐了一会儿。索尔德双目低垂，牧师目不转睛地看着他。

没多久，牧师又温和缓慢地说："我想，你的儿子最终给你带来了真正的幸福。"

"是的，我自己也是这么想的。"说着，索尔德抬起头，两大滴泪水顺着他的脸颊，缓缓地流了下来。

鹰巢

在一个又小又偏僻的教区里，有一个叫“恩德雷”的农庄，周围遍布崇山峻岭。农庄位于一个平坦肥沃的山谷，群山丛中的一条大河从山谷中穿过，流入教区附近的湖泊，给四周增添了一片亮丽宁静的怡人风光。

农庄的主人叫恩德雷，他第一个划着船来到这里，在山谷中披荆斩棘，开垦荒地，如今住在这儿的人大部分都是他的后裔。据说恩德雷是犯了杀人罪逃到这里的，这也是他的家族如此神秘的原因。不过也有人说，哪里是神秘，不过是大山的隐蔽，因为即使是仲夏的午后，五点也就不见阳光了。

在教区内一座大山的悬崖绝壁上，孤零零地悬着一个鹰巢，人人都能望见，却没有人能攀上去。鹰巢里住着一对儿兀鹰。雄鹰时不时在教区上空盘旋翱翔，忽而突然俯冲，掠走一只绵羊；忽而猛扎下来，攫去一只小山羊；甚至有一次，竟突然抓走一个小孩冲天而去。因此，这对儿兀鹰就是当地的灾难。传说古时候，有两兄弟相携攀上悬崖捣毁过鹰巢，但现在没有人能爬上去。

于是，在恩德雷农庄，无论什么时候，只要两个人碰面，谈论的肯定是那个鹰巢，然后再抬起头望望那里。人人都知道那对儿兀鹰以前猛扑下来杀生的地方，也知道都有谁想尽最大的努力攀上悬崖峭壁。

那些小伙子们为了有朝一日能效仿两兄弟的壮举，从儿时起就开始练习爬树、登山、搏斗、扭打，以期将来登上绝顶，捣毁鹰巢。

利夫是恩德雷农庄最聪明的孩子，但不是恩德雷家族的人。他长得很讨人喜欢，卷曲的头发，小小的眼睛，无论玩什么游戏都很聪明，还很喜欢漂亮的小女孩。很小的时候，利夫就立下雄心壮志，将来一定登上那座大山，直捣鹰巢。然而，那些老人家却说，小小年纪不应该夸下海口。这些话刺伤了利夫的自尊心，因此，还没有成年的时候，他就开始爬山了。

那是在春天刚来临时一个阳光明媚的星期六上午，雏鹰即将破壳而出，人们聚集在山脚下，观看利夫的壮举。老人们竭力劝说他放弃这种危险的尝试，年轻的小伙子们则起劲儿地怂恿他爬上去。

利夫早已拿定主意，默默等待着，一句话都没有多说。等到雌鹰离巢飞走后，他纵身一跳，攀住离地几米高的树干——这棵大树生长在岩石的裂缝里，利夫从这个裂缝开始往上爬。

小石子儿在他的脚下松动起来，砾石和泥沙扬尘而下，除了背后奔流的山涧发出的哗哗声以外，似乎一片宁静。

很快，利夫攀到大山凸出的地方，用一只手攀着岩石，将身体悬空，同时用一只脚探索立足的地方，因为无法看到脚下的情况，这种状态持续了很长时间。很多胆小的人，特别是女人，都背过脸不敢张望。如果他的生身父母还健在，肯定不会允许儿子进行这种玩命的冒险。

终于，利夫的脚找到立足点，他继续探索、攀登，一会儿用一只手，一会儿用一只脚，不断地交替进行着抓牢、踏稳……当他失手或滑脚的时候，总能及时将身子悬空吊起来。站在山脚下观望的人，安静得能听到彼此的呼吸。

在一块远离人群的岩石上，坐着一位高个子小姑娘，据说她从小就与利夫定了亲，虽然他们并没有宗族关系。小姑娘突然跳起来，张开双臂，大声喊道："利夫——利夫——你干吗要往上爬？"

大家都扭过头看向她。小姑娘的父亲站在旁边，狠狠地瞪了女儿一眼，但她并没有理睬，继续喊："利夫！快下来吧！我爱你，你在山上只会落得一场空！"

利夫只犹豫了片刻，便接着往上攀。有很长一段时间，他的进程十分顺利，踏得稳当，握得坚实，但过了那段时间以后，他似乎渐渐变得筋疲力尽，攀攀停停。

突然，一块石头突然滚下来，似乎预示着不祥之兆，大家不由自主地盯着它落下来的途径。一些人再也不忍心看下去，转身回家了。那位小姑娘仍然站在岩石上，不安地绞着手，目不转睛地凝望着山上的身影。

利夫再次用一只手去攀岩石，没想到手一滑没有攀住——小姑娘在山下看得一清二楚——利夫尽力用另一只手去攀岩石，但手又滑了下来。

“利夫！”小姑娘凄厉的惊呼声响彻群山，所有人都跟着喊叫起来。

“天哪，他滑下来了！”顿时，男男女女都朝利夫举起双手。利夫夹带着沙砾、石子、泥土下滑着，下滑着，不停地往下滑，越滑越快。

大家的心都揪紧了，不由自主地背过脸，紧接着听到身后传来一阵沙沙声和嚓嚓声，最后是一个沉重的物体，仿佛一大堆湿土，轰然落在地上。

当人们鼓起勇气，能够四下看看的时候，只见血肉模糊的利夫躺在地上，跌得粉身碎骨。那位小姑娘一下子昏倒在岩石上，父亲立刻把女儿抱在怀里离开了。

那些煽动利夫攀岩的小伙子们，这时却连帮忙把他抬起来的勇气都没有了，甚至都不敢看一眼。老人们不得不上前料理后事。

那位年纪最大的老人抱着利夫的遗体说：“真是太惨了！”

他朝山上瞥了一眼，接着说：“不过，鹰巢筑得那么高毕竟是一件好事，不是谁都能攀得上去的。”

亨利克·显克维支

（1846～1916）

波兰小说家，1905年获诺贝尔文学奖

获奖理由："由于他在历史小说写作上的卓越成就。"

灯塔看守人

1

距离巴拿马不远的阿斯宾华尔岛外有一座灯塔，一天，灯塔的看守人忽然失踪了。

由于当时风雨大作，大家纷纷猜测这个不幸的人是走在崎岖的小路上时，被突来的风浪卷走了。

第二天，人们发现看守人系在山坳里的私人小船不见了，此举似乎更佐证了人们的猜测。

于是，看守人的职位空了出来，而这个灯塔对于本地交通，以及从纽约到巴拿马的船舶非常重要，必须马上派人补缺。蚊子湾里本来就有很多沙碛和礁石，白天行船已经很不容易，到了夜间，由于被烈日烤灼的海面常常升起浓雾，想一路畅行几乎不可能。多年以来，在众多船舶茫然无措的航行中，这座灯塔早已成了唯一的向导。

派一个新任灯塔看守人是驻巴拿马的美国领事馆的任务。这件事听上去好像很简单，实际上却不容易，原因有以下几点：

一、新任看守人必须在十二小时内上任；二、此人必须忠诚谨慎，鉴于此，绝不能贸然录用第一个前来应征的人；三、根本没有人愿意应征。大家都知道，灯塔上的生活非常艰苦，几乎等同于活在牢狱里，除了星期日，平时不能随意离开这座全是石头的小岛，这对于懒散自由惯了的南方人毫无吸引力。

看守人住在灯塔里，每天有一条小船从阿斯宾华尔岛上送来淡水和食物，但从不多做停留。在这个面积不足一亩的孤岛上，再没有其他居民。看守人必须遵循规定来管理灯塔，白天悬挂不同颜色的旗帜来报道气象消息，晚上点亮引航灯——他必须爬上四百多级又高又陡的石阶，才能点亮石塔顶上的灯，有时一天得上下好几回。总而言之，这相当于一个僧人的生活，甚至可以说是一个隐居苦修者的生活！

鉴于以上种种原因，领事艾沙克·法尔冈孛列琪先生焦急万分，他根本不知道去哪儿寻找一个有耐心的继任者。然而，凡事总有意外，没想到竟然真有一个人前来毛遂自荐！法尔冈孛列琪先生的心里别提有多高兴了。

前来自荐的是一位七十来岁的老人，腰背挺拔，精神矍铄，举手投足间带有军人风范，令人望而起敬。老人头发雪白，脸黑得像一个克里奥尔人，但看那一双蓝眼睛，就知道他不可能是南美洲人。虽然老人面带忧伤，还有些阴沉，但给人的感觉很正派，法尔冈孛列琪先生一眼就相中了，只需要照例进行一番询问，便可以录用上岗。

于是，两人之间有了下面的对话。

“你来自哪里？”

“我是波兰人。”

“你以前在哪里工作？”

“做过很多工作，没有固定的地方。”

“可是，一个灯塔看守人需要长期住在一个地方。”

“我正好需要休息。”

“你做过公事吗？有没有公职人员的相关证明文件？”

老人从怀里掏出一个褪了色的丝绸小包裹，那块丝绸看上去很像是从一面旧旗帜上撕下来的。

他解开包裹说：“这些都是证件。这一枚十字勋章是1830年得到的；第二枚是西班牙勋章，来自卡罗斯战役；第三枚是法国勋章；第四枚来自匈牙利，从那之后我在美国跟南方打仗，但他们没有发勋章。”

法尔冈李列琪先生拿起一张文件看着：“史卡汶斯基？这是你的名字吗？哦，在战争中要短兵相接，你能缴获了两面旗，真是一位勇敢的人。”

“我也会是一个忠诚谨慎的灯塔看守人。”

“这个工作需要每天来回爬好几次塔楼，你的腿力还可以吗？”

“我就是凭两条腿，穿过大平原走来的。”

“你懂海事吗？”

“我在一艘捕鲸船上干了三年。”

“你倒是做了不少行业。”

“我没有经历过的只剩下‘安静’这件事了。”

“为什么这么说？”

老人耸耸肩，解释说：“这是命运的安排。”

“不过，我总觉得你的年纪有些大，不适合做灯塔看守人。”

“尊敬的先生！”应征者突然激动地说，“我已经厌倦了流浪。你现在也知道了，我做过许多事，这是我内心非常渴望的一个职业。我现在老了，需要的是休息。我告诉自己：‘这就是你休憩的港湾。’啊，大人，此事全仰仗您了！即便将来，恐怕也不容易遇到如此合适的职位。我，现在正巧在巴拿马，难道不是天意吗？求求您，看在上帝的面子上——我就如一只漂泊的孤舟，若错过港口，立即会沉没。如果您愿意让一位老人得到幸福——向您发誓，我是忠诚的人，真的已经厌倦到处流浪的生活了！”

老人蔚蓝色的眼睛里流露出一种真挚的祈盼，感动了心地善良的法尔冈孛列琪先生。

“好吧，我录用你，去做灯塔看守人吧！”

老人顿时喜出望外，忙不迭地说：“谢谢您，谢谢！”

“你今天就能到岗吗？”

“当然能。”

“那就这么定了，回头见。对了，还有一句话需要嘱咐你，万一出现失职的情况，你随时会被革职。”

“当然。”

当太阳在地峡那端沉落，又一个阳光闪耀的白天消逝而去，紧跟而来的是没有黄昏的夜晚。灯塔看守人显然已经就职，明亮的灯光照常映射在海面上。夜色十分平静，空中弥漫着澄明的雾霭，在月亮周围形成一圈柔和的彩晕；大海静悄悄的，只因潮水涨落而稍有动荡，眼前完全是热带独有的景色。

史卡汶斯基站在灯塔的露台上，从下面看就像一个小黑点。他正努力调整着自己，想换一种更好的状态，却觉得头脑紧张，无法清晰地思考。此时此刻，他感觉自己如一头不停被追赶的野兽，终于在人迹罕至的山崖或洞窟觅得一处藏身之地，油然生出安全感，全身心萦绕着一种莫名的幸福。

在这个与世隔绝的小岛上，他回想起以前经历的种种漂泊，曾经的不幸与失败如今都可以付之一笑。就像一艘帆樯绳索都被风暴摧折的小船，从云端被抛入海底，但它只是被风暴灌进波浪和水花，依然还能曲折前进，抵达港口。当他感慨眼前以及将来这种安静生活的时候，过去所经历的风暴犹如走马灯一般，在心头迅速地逐一展现。他对法尔冈孛列琪说过的惊险生活，不过是一部分，还有很多没有提起。

史卡汶斯基觉得自己的命很糟，每次支起帐篷，装好炉灶，计划长久居住的时候，便会吹来狂风，摧毁木桩，熄灭炉火，逼得自己不得不了结一切。此时，他站在灯塔的露台上，凝望远方闪烁的波浪，回忆起经历过的种种旧事。

他曾经转战四方，在流浪生活中几乎做过所有行当。他热爱工作，而且正直无私，有过一些积蓄，可无论如何精打细算，那些积蓄总是分文不剩。他在澳洲开采过金矿，在非洲掘过钻石，在印度做过皇家雇佣兵，还在加利福尼亚经营过一个牧场，最后毁于一场旱灾；他在巴西内地与土著做生意，后来所用的木筏在亚马孙河中被撞碎，赤身裸体、手无寸铁地独自在热带丛林里流浪了好几个星期，冒着随时可能葬身于猛兽之口的危险，依靠采拾野果为生。

他还在蒙大拿州的海仑那城里开过一家铸铁厂，后来遇到全城火灾，工厂付之一炬；在那之后，他在落基山里被印第安人捉去，幸亏遇到加拿大猎户相救才逃得一命；随后，他在一艘往来于巴希亚和波尔多之间的船上做水手，又到一艘捕鲸船上工作，结果这两艘船都不幸沉没。

他在哈瓦那开过一个雪茄厂，正当生意蒸蒸日上的时候又得了黄热病，合伙人趁机席卷一空逃跑了……最后，他来到阿斯宾华尔，或许此地会是失败的终点，毕竟这个怪石嶙峋的荒岛上没有谁来打扰，无论水灾、旱灾、火灾，或是人，统统无法干扰。

不过，单指人这方面，史卡汶斯基并没有受过多少迫害，他遇到的好人要多于坏人。在他看来，宇宙间的水、火、风、地好像都在迫害自己。凡是相识的人都说他命运多舛，并以此为根据诠释他的种种遭遇。说的人多了，连他自己都变得偏执起来。

史卡汶斯基认为冥冥之中有一只巨大的、充满仇怨的手，无处不在地跟着自己。不过，他平时并不愿意说出这种感觉，只有当别人问到这只手的拥有者时，他才神神秘秘地指着北极星说："是从那里来的。"

像这样接二连三地失败，恐怕是个人都无法活下去，尤其对于一个饱尝失败痛苦的人来说。然而，史卡斯斯基拥有印第安人的坚忍，以及一种来自正直内心的、极大的抵抗力，可以使其镇定下来。在匈牙利的时候，有一次他因为不肯向对方求饶，不愿抓住人家施以援救抛过来的鞍蹬，身上被刺了许多剑。他如勤奋的蚂蚁一般，不停地攀登高山，即便跌落一百次，也会安静地开始第一百〇一次的攀登。

可以说，史卡汶斯基是一个非常少见的怪人。这位老兵经过无数次烈火的淬炼以及苦难的磨砺，依然还保有一颗纯真的童心。古巴大疫的时候，他之所以患上黄热病，是因为把自己所有的奎宁丸都施舍给病人，一颗也没有留。

在经历许多失意的事情之后，对生活依然充满信心，毫不失望，相信将来一定会好，这是一种多么卓越的品质！越是在寒冷的冬天，史卡汶斯基越精神抖擞，憧憬着未来的大事，并极具耐心地等待着那些大事的发生，甚至整个夏季都沉浸在希冀中。然而，一个冬季又一个冬季过去，他还是一无所遇，只有黑发慢慢变成了白发。

终于，他承认自己老了，渐渐失去了精力，坚韧与耐力也衰颓下来，沉着冷静变成了多愁善感——千锤百炼的老兵被时间改变成一个触景生愁的人。而且在令人心生感触的任何情景中，比如看到飞燕、像禾花雀似的玄鸟、山上的皑皑白雪，或听到旧日的悲歌等，便会触及深深的乡愁，人也随之渐渐憔悴。最后，只剩下希望休息的念头支撑着他，往日的希冀和欲望都被生活吞没。

这位风尘仆仆的流浪者，除了想得到一处平安之地静养天年之外，再也没有什么更宝贵、更值得期望的事情。由于命运的一再鞭策，迫使他一次次浪迹天涯海角，连喘息的空当都没有，他觉得只要不再流浪便是人间最大的幸福——这种渺小的幸福，老人理所应当可以享受到，但因为一贯的失意，他反而根本不敢抱有希望。如今，在十二小时之内，他竟然意外地得到了这个非常合适的职位，就像有人从世间所有的工作中帮自己精心准备的一样。

晚间点亮灯以后，史卡汶斯基还有些不敢相信眼前的一切，不住地在心中发问，直到时间一小时一小时地过去，现实给了最可靠的证明，他才相信自己真的如愿以偿。

老人好像生平第一次这样观看大海：灯上的凸透镜投射于海面，形成一道巨大的三角形光束，光束之外目力所及的地方是一片神秘可怖的黑暗。这片遥远的黑暗仿佛朝着光亮而来，翻滚着一排排浪尖，狂吼着奔向小岛，溅起的泡沫在灯光中闪耀着红光。

海水越涨越高，淹没了沙礁，传来一阵阵海洋的密语，有时像轰鸣的大炮声，有时像风卷森林的呼啸声，有时像集市上鼎沸的嘈杂声，有时则寂然无声……继而，老人又听到长叹声，或者说是一种呜咽声，再后来是一阵惊心动魄的狂吼海风，吹散浓雾，同时带来许多黑色的碎云，遮住了月光。海风越吹越猛，汹涌的波涛击打着灯塔下的石矶，浪花冲刷着墙基，预示着远处已开始一场风暴。纷乱昏黑的海面上，还可以望到几点飘摇不定的绿色灯光，忽上忽下，忽左忽右。

史卡汶斯基走下塔顶，回到卧室。灯塔外的海面上，船里的人正在与黑夜、浪涛展开斗争，而灯塔里面却充满安逸与平静，即便风暴的怒吼，也不能侵入坚厚的墙壁，只有单调的时钟嘀嗒声，引导这位疲惫不堪的老人颓然入梦。

2

一个小时又一个小时，一天又一天，一个星期又一个星期，时间缓慢地流淌着。航海者经常说，他们在海上遇到大风暴的时候，偶尔能听到有人在黑夜中呼唤自己的名字。如果这是来自大海幽冥的呼唤，那么当一个人上了年纪以后，或许在另外一个更黑暗、更神秘的幽冥中，也会听到前来召唤的声音。一个人越厌倦生活，越会觉得这种召唤声很亲切。不过，想听到召唤的声音，必须要安静，也许这正是老年人喜欢离群独处的原因，似乎已经先有了进入坟墓之感。

对于史卡汶斯基来说，守着这座灯塔等于迈进一半坟墓。没有什么比灯塔上的生活更单调的了，假如年轻人来担任这个职务，肯定会立即跑掉，一分钟都不想多待。正因为如此，看守灯塔的都不是年轻人，而是一些忧郁好静、不涉世事的人，即使偶尔离开灯塔走在人群中，也是踽踽独行，宛如大梦初醒。

人生道路中，总有一些具体细致的观感，指引人们去适应一切世事，但在灯塔上却不需要那些观感。一位灯塔看守人能接触的只有苍茫高远的海天一色，他的心灵孤独地处于远天与海水之间，所谓的思想就是不断地默想，而且没有任何事能将其从中唤醒，即便是工作也一样。除了天气的变换形成唯一的不同，今天的生活与明天的生活几乎完全一样，如同一串佛珠上的两颗念珠。不过，虽然如此枯燥单调，史卡汶斯基仍觉得这是有生以来最幸福的日子。

史卡汶斯基每天早早起床，早餐后将航标灯上的凸透镜擦几遍，然后坐在露台上远眺，对眼前所见的一切永不厌倦：浩瀚的洋面如蓝宝石般的颜色，阳光下闪耀着几组饱满的风帆，亮得使人睁不开眼睛；有时候，一群船只乘着所谓的贸易之风鱼贯而来，看上去像排成一串的海鸥或信天翁；红色的浮筒在碧波上徐徐漂荡……午后，总有许多浅灰色如鸟羽般的轻烟，从船帆中一阵阵升起，那便是从纽约载了客人和货物来到阿斯宾华尔的轮船。轮船所经之处，被激起的浪花拖曳成一条充满泡沫的海路。

站在露台的那一侧，史卡汶斯基可以看见阿斯宾华尔全市及繁忙的港口，海港中帆樯林立，舳舻相接；再向远望，可见城中白色的屋宇和高耸入云的塔楼。很快，他就熟悉了眼前的景色并了然于目。在灯塔顶上看那些，小房子如海鸥的巢，船舶如甲虫，白石大街上的行人如点点黑子。

清晨时分，和缓的东风送来一阵喧闹的都市声，轮船的汽笛声最响亮。到了下午六点，港口中的一切运作渐次停息，海鸥躲进岩穴，海浪也似乎疲惫了，逐渐微弱，陆地、海面、灯塔上都归于寂静，不受任何喧扰。退潮之后，露出的黄沙滩闪着一个个金色的斑点，灯塔在蓝色的天宇下轮廓分明。夕阳的一道道光线投射在海面上、沙滩上、岩礁上，令老人顿生一种甜蜜的疲倦——他觉得眼下所享受的休息是最美妙的，而且还可以任他继续享受，一想到这点，老人便觉得心满意足，了无遗憾。

史卡汶斯基陶醉于所拥有的幸福之中。一个人很容易满足于改善了的境况，因此老人渐渐有了信仰和希望，心想：“既然世上有人为残疾人造房子，上帝有什么理由不收容我这个衰残的人呢？”

随着时间一天天过去，他更加坚信自己的想法。对于灯塔、灯、岩石、沙滩、孤独的生活，老人已渐渐熟悉，甚至连那些巢居于岩穴、每到日暮时聚集到塔顶的海鸥也都熟悉了。

史卡汶斯基经常将残余的食物丢给塔顶的海鸥，它们很快熟识了这种行为，每次都飞扑过来一大群。老人在海鸟群中走来走去，宛如牧人信步在羊群之间，心情非常美好。

退潮的时候，史卡汶斯基从灯塔上下来，到沙滩低处，捡些潮汐留下的美味的玉黍螺和绮丽的鹦鹉螺；月明之夜，有时还去捕捉经常成千上万游到岩坑里的鱼。

就这样，他住着住着，竟然深爱起那些礁石和小岛。

小岛上没有树木，只有随处可见的能分泌黏液的海草植物，但远景特别美，足以弥补近景的遗憾。下午的时候，如果天气非常晴朗，史卡汶斯基可以看到整个地峡的风光，好比一个丰茂的大花园：椰林和巨大的芭蕉树夹杂而生，像一个个华丽的花束，与万家屋宇竞相辉映；望得更远一些，在阿斯宾华尔及巴拿马之间有一片真正的热带大森林，里面生长着数不清的巨型兰草、棕榈树、乳汁树、铁树、橡胶树，风吹过时发出一阵阵林海之音。树上缠绕着古藤老蔓，林内有积水，清晨与黄昏时分，森林上方升腾着蒸汽，仿佛凝结的重重红雾。

如果用望远镜的话，老人不但能看到那些树木和阔大的香蕉叶，甚至还能看见成群的猿猴和巨大的鹳鹤，还有时不时成群起舞的鹦鹉，犹如一道彩虹围绕在密林之上。

史卡汶斯基很熟悉这种热带森林，那次在亚马孙河上的遭遇，他在类似的环境中流浪了好几个星期。在那些看上去奇特艳丽的丛林中，不知道潜伏着多少死亡和危险——他听过猿猴的哀号，猛虎的怒吼，看过树上缠绕着如藤蔓般的蟒蛇；森林中沉寂的沼泽里，到处是电鱼与鳄鱼。在未被开垦的荒野中，充满吸血的蚊虫、水蛭，以及巨大的毒蜘蛛，人类想在那里生存下去很难，甚至连一片树叶都比人类大十倍。也许正因为他亲身经历过丛林中的冒险生活，所以对现在能平静地从高处远眺，欣赏它们的美丽，并且不会受到伤害而感到格外快乐。

灯塔给了史卡汶斯基万无一失的保护，令他感到很安慰。

星期日，当老人穿上银纽扣的蓝色制服，胸前挂着那些勋章，走进教堂的时候，他听到克里奥尔人在窃窃私语："我们有了一位可敬的灯塔看守人，虽然他是个外国人，却不是个另类。"

听到那些话，史卡汶斯基有些沾沾自喜，自豪地昂起头。做完弥撒后，老人愉快地回到小岛上，对于大陆，他还是很不安心。

星期日的时候，他还会买些西班牙报纸看，或向领事法尔冈孛列琪先生借阅《纽约先驱报》，在上面急切地寻找欧洲的新闻——这位可怜的老人虽然守着灯塔，心里却在怀念另一半球上的故乡。

每天送食物、淡水的小船到来时，老人有时会走下灯塔与港警约翰生闲谈。

不过，渐渐地，他似乎有些害羞，不再进城看报纸，也不再下来跟约翰生谈政治，这样一连过了几个星期，没有一个人见到他。放在岸上的食物，过一天就不见了；航标灯仍旧每晚照耀着海面，像旭日每天从海面升起一样准时，只有这两件事能证明老人还住在灯塔里。

显然，对于人世，史卡汶斯基变得很漠然，并不是因为思乡的缘故，他连思乡之情都渐渐变得很淡薄，这个小岛便是他的全世界。

久而久之，老人习惯了这种想法，认为自己一辈子都不会离开灯塔，甚至记不起除此之外，世界上还有些什么。

就这样，史卡汶斯基成为一个神秘的人，那双温和的蓝眼睛像孩童般呆望，似乎看定远处的某件东西。望着四周异常单纯而伟大的景色，他失去了自身的存在，逐渐与云、天、大海融为一体。如果此时有人问老人，在周围之外还有些什么，根本得不到答案，因为他对那些只是无意识地有些感觉而已。

到最后，史卡汶斯基仿佛与云、天、大海、岩石、灯塔、金沙滩、饱满的风帆、海鸥、潮汐等全部融为一体，成为一个神秘巨大的灵魂，而他则处在灵魂中间，感受这一切，自然而然地忘却自身。

于是，在自己窄仄的生命中，在半梦半醒的状态中，史卡汶斯基发现了一种非常了不起、几乎等同于半死的休息。

3

可是，警醒的时刻还是到了。

这天，小船照例送来食物和淡水。一小时后，史卡汶斯基下来取，发现比平时多了一个粗布包裹，上面贴着美国邮票，写着“史卡汶斯基先生收”。

老人疑惑地打开包裹，里面是几本书，他随手拿起一本翻了翻，随即放下，双手颤抖地遮住眼睛，仿佛不太相信似的。

原来，这本书竟然是波兰文的!

怎么回事？谁寄来的？

他已经忘记自己刚做灯塔看守人的时候，曾从领事那里借阅过《纽约先驱报》，看到上面登载的一则纽约成立波兰侨民协会的消息，立即捐助了半个月的薪酬，反正在灯塔上也没有什么开销。侨民协会为了感谢他，寄赠来几本书，所以这个包裹来得并不唐突，只不过老人一开始没有想起来。

在阿斯宾华尔，又是在自己看守的灯塔上，来了几本波兰文书籍，在史卡汶斯基看来，这是一种非常特别的事情，是一种从远古发来的声息，一种从天而降的神迹。

眼下，正如那些水手在深夜中一样，老人仿佛听到有人用极其亲切地、几乎已经忘却的声音呼唤着自己的名字。他闭目静坐了一会儿，害怕一睁开眼睛，美妙的梦境就会消失不见。

包裹摊在面前，被午后的阳光照得清清楚楚，最上面的一本已经翻开，一切都是真实存在的。

当史卡汶斯基伸出手，想再次把书拿起来的时候，他在寂静之中听到自己心脏跳动的声音。

那是一本诗集，封面印着大字的书名，底下是作者的名字。老人对这个名字并不陌生，知道他是一位著名的诗人。1830年，史卡汶斯基曾经在巴黎读过这位诗人的著作，后来在阿尔及尔和西班牙从军的时候，也从本国人那里听说过诗人远扬的大名。不过，当时忙于扛枪作战，不可能随身带着一本书。1849年，他到达美洲，很难在颠沛流离的生活中遇到波兰人，至于波兰文的书籍，更是一本都没有看到过。

老人以极大的热情翻开第一页，心跳得更加猛烈，就好像这座孤岛上，将要举行一场庄严盛大的典礼。

实际上，此时此刻，正是十分肃穆的时候，阿斯宾华尔的大钟正在鸣报下午五时，天空晴朗，万里无云，几只海鸥欢快地在空中盘旋，大海也似乎摇摇欲睡。岸边的波浪喃喃低语，轻轻地拍打着沙滩，远处阿斯宾华尔的白色房屋，以及稀奇古怪的棕榈树丛都在默默微笑，小岛上弥漫着一种神圣庄严的气氛。

忽然，在大自然的肃穆中，传来老人颤抖的声音。他忘情地高声吟诵，仿佛这样才能更好地了解自己：

你如健康一般，我的故乡立陶宛！

只有失去你的人，才知道应该如何看重你！

今天，我看见，而且描述着你极其辉煌的美丽，

因为我的内心渴望着你。

读到这里，老人读不下去了，书上的文字好像一个一个在眼前跳跃起来，心里有什么东西正在爆裂，一波一波汹涌地奔上心头，塞住了喉咙，窒息了声音。

过了一会儿，他勉强镇定下来，接着读道：

尊贵慈爱的圣母啊，

你守护着光明的琛思妥诃华，

照拂着奥思脱罗孛拉摩，

庇佑着诺武格罗代克城及其忠诚的人民。

正如孩提时垂泪的母亲将我托付于你，使我恢复了健康。

当时，我抬起毫无生气的眼眸，一直走到你的圣坛，

谢天主赐予我重生——

如今您为何不显神迹，使游子回到家乡——

读到这里，老人心如潮涌，哽咽不能自制，颓然仆地，银白色的头发浸在海沙里。他已经离开祖国四十年，不知道有多久没听过祖国的语言。而现在，亲切的母语却自己找到孑然一身的他，这是多么美好可亲的一件事啊！令这位老人站在那里流泪不止的，并不是什么难

言的苦痛，而是一种油然而生的博爱之心。在这种爱心面前，其他一切事情都无关紧要！

老人以一场发自肺腑的哭泣，祈求祖国的宽恕——他的确已经将祖国丢在一边，因为自己上了年纪，也住惯了这个孤寂的荒岛，连挂念之心都在渐渐地消失。而现在，仿佛冥冥之中出现了神迹，母语竟然回到身边，怎么可能不令他的心脏猛烈地跳跃！

过了好久，老人还躺在那里。海鸥在灯塔上空飞翔，鸣叫，好像在召唤老朋友，提醒他到了喂食的时间。然而，老朋友丝毫没有反应，它们只能从灯塔上飞下来，越聚越多，有的在地上觅食，有的在老人头上拍着翅膀。

终于，史卡汶斯基回过神。彻底哭了个痛快。

过后，他觉得周围宁静和谐，眼中神采奕奕，不知不觉地将所有食物都丢给海鸟，也不理会它们的争抢，又拿起那本书。

夕阳已经下沉到巴拿马园林背后，正徐徐降到另一个大洋，但大西洋上还很光亮，还能看得清楚书上的字。

他接着读道：

现在，请把我的渴望之心带到山林中，
带到绿野上去吧！

暮色瞬间沉下来，遮隐了书上的文字。老人不再朗读，枕着石块，闭上眼睛。

于是，“守护着光明的琛思妥诃华”的圣母，将他的灵魂送回那一片“被各种作物染成色彩斑斓的田野”上。

空中闪耀着一条条金色和红色的晚霞，老人的魂梦乘着晚霞，回到热爱的祖国，耳边听到故乡松林的呼啸，还有故乡溪流的潺潺低语……一切都如往昔，好像在询问：“你还记得我们吗？”当然记得！他看见广袤的田野，田野之间是森林和村庄。

这时，天色渐晚，若在平日，航标灯早已照耀着黑暗的海面，但此刻史卡汶斯基却在家乡的村庄里，衰老的头俯在胸前做着归梦。

梦中的景色有些杂乱，在眼前飞快地闪过。他没有看到自己出生时住的房子，早已经被战争毁掉了；他也没有看到父母，父母在他孩童时期就已经去世了，只有村里的景色依然如旧，仿佛昨天才离开：整整齐齐的一排茅草屋，每个窗口都透着灯光，还有谷场、磨坊、两个相对的小池塘，整夜喧闹的蛙鸣。

有一次，他在村里担任夜间守卫，当时的情景历历在目。于是，这会儿他又成为一个枪骑兵，正在那里站岗，时不时溜一眼远处的一家小酒店。夜晚的寂静中传来喧哗、歌唱、叫嚷的声音，还有呜呜吱吱的小提琴和低音四弦琴的声音。后来，那些枪骑兵上马疾驰而去，马蹄在石板路上踏出火星。只有他骑着马，独自立在那里，疲倦极了。

时间慢慢地流逝。终于，所有人家都熄灭了灯火。现在，眼前能看到的地方迷蒙一片，升起浓雾。显然，浓雾先从田野升起，像一大片白云包裹着大地，宛如一片海洋，但那是田野。很快，你能在黑暗中听到秧鸡的叫声，还有芦苇丛中白鹭的叫声。夜色很平静，也很冷。是一个真正的波兰之夜！

远处，松林无风自响，简直与海上的涛声一模一样。东方渐白，秧鸡率先在篱落间叫起来，一家一家的相互应和，空中有鹳鸟飞鸣而过。这位枪骑兵觉得精神爽快，有人跟他讲起明天的战争。嘿！就同别的那些战争一样，呐喊着挥舞枪旗，冲上去厮杀。年轻人的血尽管经历了寒夜，却仍如号角一般充满热情。

天已渐明，夜色隐退，树林、草丛、村庄、磨坊、白杨林……都渐渐从黑暗中显现出来。井上的辘轳像塔楼上的金属旗那样吱吱作响。在红彤彤的晨曦中，故乡多么可爱，多么美丽！啊，我至爱的祖国，唯一的祖国！

嘘，别出声！守望的枪骑兵听到渐渐走过来的脚步声，一定是有人来换岗了。忽然，有人在史卡汶斯基的头上大喊："喂，你这老头儿！快起来！这是怎么回事？"

老人睁开眼睛，惊讶地看着站在面前的人，残余的梦境正在头脑中与现实格斗。

终于，梦境由模糊到消失，他认出是港警约翰生。

"怎么了？你生病了吗？"约翰生问。

"没有。"

"可是，你没有点亮航标灯，你被免职了。昨天晚上，一艘从圣吉洛莫来的船在海滩上出了事，幸亏没有伤亡，否则你就会摊上官司。跟我一起上船走吧，其余的话，到了领事馆以后再说。"

老人瞬间脸色变得惨白，昨夜确实没有点灯。

几天以后，有人看见史卡汶斯基出现在一艘从阿斯宾华尔开到纽约的轮船上。

这位可怜的老人又失业了，即将陪伴他的是再一次的漂泊。冷风吹落这片叶子，任它在天涯海角飘零，时不时颠弄着，直到快意地结束一切。

短短几天的时间，老人愈发衰颓，腰背佝偻下来，只有目光依然明亮。他的怀里揣着一本书，时不时地抚摸几下，似乎在担心这仅有的一点儿东西，也会决然地离开自己。

音乐迷杨科

他生下来的时候瘦弱可怜，那些围在产妇床前的女邻居们看着这对虚弱的母子，不禁摇起了头。

铁匠的老婆西摩诺娃是一个很聪明的女人，说着安慰的话："快把蜡烛拿来，我帮你在床头点上。我的大嫂，你们母子看来没有什么希望了，很快就会去另一个世界。快把神父请来，好请他宽恕你的罪过！"

另一个女人附和道："对！应该立即给孩子受洗，恐怕他等不到神父，死后可不能变成孤魂野鬼，让他安心走吧！"

她一边说，一边点燃蜡烛，随后抱起孩子，为他洗礼。

孩子因为被洒了水，眯了眯眼睛。

女人说："我以圣父、圣子、圣灵的名义给你洗礼，并赐名为'杨'。现在，你已经是天主教徒的灵魂，可以放心地回到你来的地方，阿门！"

可是，这个小天主教徒的灵魂一点儿不想回到来的地方，也不想离开自己瘦弱的身躯，相反，他拼命蹬着两只小脚，弱弱地哭起来。在场的女人们都说："这孩子，哭得像一只小猫！"

他们派人请来神父。神父完成一整套仪式后便急匆匆地离开了。

没想到，产妇的情况渐渐好转起来，一个星期过后就能下地干活了。小婴儿虽然奄奄一息，却有惊无险地活了下来。直到第四年春天，布谷鸟咕咕叫的时候，他的身体才真正有了好转，随后时好时坏地长到十岁。

他的身体一直比同龄人更瘦小，皮肤晒得黝黑黝黑，鼓着大肚子，脸颊内凹，一头几乎全是淡白色亚麻般的头发，刘海儿遮盖着一双炯炯有神的大眼睛。看东西的时候，他仿佛是在眺望远方。

冬天，这孩子时常坐在火炉旁哭泣，不是因为寒冷，就是因为肚子饿了，而母亲没有在炉子上或锅里放吃的东西。

夏天，他只穿着一件衬衣，中间系一根布条，头上戴着草帽，像小鸟似的，从草帽的破边下朝上仰望。

他的母亲是一个贫穷的雇工，像寄居屋檐下的燕子那样度日。她按照自己的方式爱儿子，也时不时地打孩子，叫他“窝囊废”。他八岁时便开始出去放猪羊，家里没有东西吃的时候，就跑去树林里采蘑菇，也许是出于上帝的眷顾，他才没有被狼吃掉。

这是个反应非常迟钝的孩子，与别的乡下孩子一样，与人说话的时候，习惯将一个手指放进嘴里。这么多年，没有人相信他能长大，更不认为他将来会成为母亲的安慰，因为这个孩子实在太懒惰了，至于为什么会那样，大家都想不明白。

孩子只有一个爱好，就是音乐。他随时随地都能听到音乐，稍长大一些后，除了音乐，对什么都没兴趣。

到树林里放牲口，或提着篮子去采野果时，小家伙常常空手回来，嘟哝着问：“妈妈，树林里在演奏什么音乐？啊？啊？”

母亲回答：“我给你演奏音乐，我给你演奏音乐，看你怕不怕！”

说完，她拿起木勺敲打儿子，“演奏”了一场音乐。

可怜的孩子哭喊着，保证以后不再那样，心里却仍在琢磨：“树林里确实在演奏一种音乐，究竟是什么呢？”

他实在搞不清楚，只知道那些松树、山毛榉、桦树、黄莺……树林里的一切都在歌唱。

山谷里的回声在歌唱，田野上的野草在歌唱，果园里的麻雀在歌唱，摇动的樱桃树也在演奏音乐。傍晚的时候，孩子听到村子里发出的各种声音，就认为整座村庄都在演唱。甚至在扬粪的时候，风吹着树杈，他都认为是在奏乐。

有一次，监工看到小家伙停下手里的活儿，披头散发地呆立着，聆听风吹树杈的声音，气得解下皮带，狠狠地教训了他一顿。可是，那又有什么用呢？

于是，大家都叫他“音乐迷杨科”。

春天，杨科欢快地跑出来，跑到河边吹牧笛。晚上，当青蛙在河边呱呱叫，秧鸡在草原上歌唱，苍鹰迎着露水鸣叫，公鸡在篱笆后面啼叫的时候，他便睡不着了，专心致志地听着。不过，听到的到底是什么音乐，只有上帝才知道。

母亲不敢带儿子去教堂，因为只要风琴响起来，或响起歌声，杨科的眼睛就像蒙上了一层浓雾，仿佛不属于这个世界。

晚上，巡夜的人在村里转来转去。为了保持清醒，巡夜者不是数天上的星星，就是低声跟狗说些什么。他经常看到穿着一件白衬衣的杨科，在茫茫的夜色中跑到酒店旁边，猫在墙底听里面的声音。

酒店里面的人在跳“奥贝列格舞”，可以听到皮靴的踢踏声，年轻人偶尔的欢呼声。小提琴轻快地唱着：“我们吃，我们喝，我们多快乐！”大提琴用深沉的声音伴唱：“上帝恩赐！上帝恩赐！”酒店的每扇窗户都被灯光照得通亮，每根柱子似乎都在颤动、在演奏、在歌唱……杨科如醉如痴地听着。

如果自己有一把能奏出“我们吃，我们喝，我们多快乐”的小提琴该多好！那会是多么开心的一件事啊！杨科想要一些会唱歌的薄木板，可是，唉，哪里能找到它们呢？哪里能做这样的小提琴呢？哪怕只让他拿一下也会心满意足！

然而，可怜的孩子只能偷偷地在外面听，直到巡夜人的声音响起来。

“还不快回家，你这个小夜游神！”

于是，杨科赤着脚，以最快的速度跑回家。身后的黑暗中传来小提琴的声音：“我们吃，我们喝，我们多快乐！”还有大提琴的声音：“上帝恩赐！上帝恩赐！上帝恩赐！”

平时在收获节或别人的婚礼上，杨科能听到小提琴演奏，对他来说，那一刻就是最盛大的节日。每次听完以后，他便坐在炉子后面，一整天都不说话，炯炯发亮的眼睛宛如黑暗中的猫眼睛，不知道在望着什么。

后来，他自己用薄木板和马尾做了一把小提琴，虽然拉不出酒店小提琴那样优美动听的音乐，至少能发出像苍蝇或蚊子叫的声音。

杨科对其爱不释手，从早到晚地拉，为此没少挨打，甚至在被打得像一只满是伤痕的青苹果时，也没有放弃拉那把所谓的小提琴，他就是这样的天性。

小杨科越来越瘦，可肚子还是胀得那么大，头发越来越浓密，经常流泪的眼睛鼓得越来越大，面颊和胸膛凹陷得越来越深……他跟别的孩子完全不一样，倒是很像那把只能发出微弱声音的小提琴。

在闹饥荒的日子里，杨科有好几次差点饿死，全凭生胡萝卜和拥有一把小提琴的愿望支撑着活了下来。

可是，他的愿望却给自己带来了灾难。

庄院的仆人有一把小提琴，时不时在夜幕降临时演奏一曲，以博得女仆的欢心。杨科经常匍匐在牛蒡地里，尽可能接近敞开的餐厅大门，让自己能看清那把挂在门对面墙上的小提琴。

每当此时，他仿佛用眼神将自己的灵魂奉献给小提琴，那是他心中最珍贵的东西，一件无法得到的圣物，连摸一下都不可能。可是，他多么渴望得到它啊！哪怕只摸一下，或者到近处仔细看一会儿！这个可怜的农家孩子，因自己的渴望而激动得颤抖起来。

一天晚上，饭厅里一个人都没有，庄院主人去了国外，仆人去了女仆那里，屋里空荡荡的。杨科蜷伏在地里，通过敞开的大门，久久凝视着那把寄托了自己全部愿望的小提琴。

明亮的月光透过窗户斜照着餐厅，在对面墙上映出一个明亮的四方形，慢慢地靠近小提琴，最后完全照在琴上。

顿时，小提琴好像在黑暗中发出一片强烈的银光，特别是凸出的琴腹，被照得光芒万丈，令人几乎不敢直视。

在皎洁的光芒中，凹进去的琴腰、琴弦、弯把……每个部位都能看得那么清楚，琴钮亮得像圣约翰节的萤火虫，挂在旁边的琴弓犹如一根银条发出淡淡的银光。

多么美妙神奇的小提琴啊！杨科越看越入迷，蹲在牛蒡地里，两只臂肘支撑在瘦骨嶙峋的腿上，不由自主地张着嘴望着……内心却在展开激烈地争斗，恐惧令他无法向前，难以控制的渴望却在鼓动他向前靠近。那把小提琴仿佛中了魔力，在月光中靠近过来，时而耀眼，时而暗淡，毫无疑问，肯定是魔力！

这时，风在吹，树在响，牛蒡叶子也在轻轻地抖动，杨科听到一个声音说："快去吧，杨科，饭厅里没有人。去吧！"

夜莺在花园池塘边时而轻微，时而高声地唱着："去吧，快去吧，把它取下来！"诚实的猫头鹰在杨科的头顶上盘旋，喊着："杨科，不要去！不要去！"

后来，猫头鹰飞走了，夜莺留下来，牛蒡叶大声嚷着："那里没有人呢！"

小杨科缩着身子，缓慢而谨慎地向光芒四射的小提琴挪动。夜莺又低声唱起来："去吧，快去吧，把它取下来！"

那个穿着白衬衫的小身影越来越接近餐厅，牛蒡叶已经遮不住他了。餐厅外面响起肺部急促的呼吸声。很快，白衬衫消失了，只有一只赤脚还露在门外。猫头鹰飞回来，大喊道："不要去！不要去！"然而都是徒劳，杨科已经走进餐厅。

花园池塘里的青蛙好像受了惊吓，突然一起大叫起来，过了好一阵儿才又安静下来。夜莺停止歌唱，牛蒡叶也不再嘟哝，杨科小心翼翼地匍匐着前进，浑身上下笼罩着恐惧，急促的呼吸带着嘶响声。原本趴在地里的时候，他像原始森林里的野兽一样自在，现在却像掉进陷阱般惶恐不安，而且还被黑暗围困着。

忽然，一道夏天的闪电从东方掠向西方，照亮了餐厅，杨科正匍匐在小提琴的前面，抬头仰望着。闪电消失后，乌云遮住月光，黑暗更加深邃，什么也看不见，什么也听不见……过了一会儿，黑暗中突然响起一声轻轻的、啜泣般的声音，好像有人不小心碰响了琴弦。

顿时，饭厅角落里响起睡意惺忪的、粗声粗气的声音："谁在那儿？"

杨科吓得屏住呼吸，那个声音又怒气冲冲地问："谁在那儿？"

擦着的火柴点亮了灯，餐厅立刻亮起来，接着……天哪！上帝！里面传出来咒骂声，殴打声，孩子的哭声，犬吠声，拿灯人的跑步声，"啊，上帝"的呼救声，整个庄园一片喧闹。

第二天，村长亲自审讯可怜的杨科。

那些人是要把可怜的孩子当成小偷审讯吗？

是的，的确是这样。

村长和陪审员们全都瞪着杨科。他站在他们面前，手指放进嘴里，睁着一双受惊的眼睛，瘦小的身体伤痕累累，污迹斑斑。他不知道自己在哪里，也不知道这些人要干什么。

他们为什么要审讯一个只有十岁，被打得仅能站起来的孩子呢？是想把他关进监牢吗？人们对孩子不应该有些恻隐之心吗？让巡夜人将他带到一边，打几下，叫他不敢再偷第二次不就行了吗？

结果还真是这样的！

他们喊来巡夜人斯塔赫："把他带走，教训一顿！"

斯塔赫点了点愚蠢的大脑袋，一把捞过杨科夹在腋下，像夹一只流浪的小猫，将他带到谷仓里。

可怜的孩子吓得一句话都说不出来，瞪着眼睛像小鸟那样望着，直到斯塔赫把他按倒在地上，掀起白衬衣，狠狠打下来的时候，才大声叫起来："妈妈！"

巡夜人每打一下，可怜的孩子就会"妈妈妈妈"地叫。很快，他的叫声越来越低，越来越弱，直到再也叫不出来。

可怜的杨科啊！他一直又瘦又小，身体也不好。

母亲赶来了，要带走儿子，可只能将他抱回家……

第二天，杨科没有起来，第三天傍晚，他盖着一条棉布毯，奄奄一息地躺在床上，身旁放着他那把薄木板做的小提琴。

燕子正在篱笆外的樱桃树上歌唱。阳光透过窗户照进来，将金色的光芒洒在杨科凌乱的头发和毫无血色的脸上，宛如一条金光大道——孩子的灵魂踏上去，沿着这条光明之路渐渐远去。

他生前走的是一条荆棘丛生的小路，但至少在迈向死亡的时候，走的是金光大道。

杨科干瘪的胸中还有呼吸，脸上的表情好像在聆听窗外传来的村子里的声音。割草回来的姑娘们唱起《绿色的草地上》，溪水那边传来阵阵笛音，这是他最后一次听村里的音乐了。

突然，杨科的脸上泛起光芒，苍白的嘴唇发出轻微的声音："妈妈——"

"什么事，我的儿子？"母亲含着泪水回应。

"妈妈，到天堂以后，上帝会给我一把真正的小提琴吗？"

"当然，我的儿子，一定会给你的！"母亲难过得无法说下去，胸口突然迸发出积郁多年的悲痛，呻吟般地嘟哝着，"啊，上帝！上帝！"

她伏在箱子上疯了似地号啕痛哭，就像一个人眼看着心爱的人被死神抓走，自己却无能为力，无法搭救那样。

当母亲抬起头，再次看向儿子的时候，这位小提琴手睁着眼睛，面容忧郁肃穆，眼神呆滞， 阳光也消失不见了。

安息吧，杨科！

第三天，庄院主人从意大利回来了，一起回来的，还有主人家的小姐和一个追求她的男青年。

那个男青年说："意大利，多么美丽的一个国家啊！"

小姐补充说："那是一个会聚艺术家的地方。凡是有才能的人都会在那里被发现和保护，多么幸运啊！"

白杨树在杨科的墓旁簌簌地响着……

约瑟夫·鲁德亚德·吉卜林

（1865～1936）

英国小说家、诗人，1907年获诺贝尔文学奖

获奖理由：表彰他“细致入微的观察能力，新奇的想象，雄浑的思想，以及杰出的叙述”。

文学的盛宴
语言的狂欢

鲸的喉咙是怎样长成的

噢，亲爱的宝贝儿，听我说。

从前海里有一头鲸，吃各种各样的鱼，什么海星、颌针鱼、螃蟹、比目鱼、鲽鱼、鲦鱼、鳐鱼、鲭鱼、小狗鱼、滴溜儿转的鳝鱼，甚至连他的配偶都吃。凡是能在海里找到的鱼，都被他吃掉了！

最后，除了那头鲸鱼以外，海里只剩下一条机灵的小鱼。为了不让鲸鱼伤到自己，他在鲸鱼右耳稍后的空间游动。

一天，鲸鱼踮着尾巴向上浮起，说："我饿了。"

聪明的小鱼狡猾地小声说："宽厚高贵的鲸，你品尝过人类的味道吗？"

鲸鱼回答说："没有，那像什么味道？"

"味道很不错呢，就是人身上节儿比较多。"

"那你帮我找几个尝尝。"鲸鱼一边说，一边摆动尾巴，海面顿时泛起泡沫。

"一次吃一个就够了。"机灵的小鱼说，"如果你能游到位于北纬50度、西经40度的地方，会发现有一个船只失事的水手坐在海中央的木筏上。他穿着一条蓝色的帆布裤，挂着一副吊带和一把大折刀（亲爱的，你千万别忘了这副吊带）。说句公道话，他是一个有着无穷智慧的男人。”

鲸鱼兴奋地游啊游啊，以最快的速度游到北纬50度、西经40度的地方，果然发现大海中央的一条木筏上，坐着一个船只失事的水手，正孤零零地用脚趾玩水（不过，亲爱的，他妈妈曾经允许他用脚趾玩水，否则他绝不会那样做，他可是个超级有智慧的男人）。

男人穿着一条蓝色的帆布裤，挂着一副吊带（我刚才跟你说过，亲爱的，你必须得记住这副吊带），还有一把大折刀，此外什么都没有。

鲸鱼准备好之后，仰身向后，使劲张开大嘴巴，张到不能再张、嘴巴几乎碰到尾巴的程度，才吞下那个水手以及他乘坐的木筏、蓝色帆布裤、一副吊带（你千万记住这个）、一把大折刀。鲸鱼将它们全部吞进肚子里那个温暖黑暗的食柜，然后美美地咂咂嘴唇，还摆着尾巴转了三次身。

别忘了，那个水手是个超级有智慧的男人。当发现自己进了鲸鱼那个温暖黑暗的食柜以后，他开始踢打、跳跃、捶击、冲撞、哭闹、号叫、叹息、跨步、舞蹈……凡是能做的动作，他全都做了，甚至跳起号笛舞。鲸鱼被折腾得难受极了（亲爱的，你还记得那副吊带吗）。

鲸鱼对机灵的小鱼说：“这个男人的节儿真多，搞得我直打嗝，怎么办？”

“叫他出来呗。”小鱼回答。

鲸鱼朝着自己的喉咙，对那个水手说：“赶紧老老实实地出来，我打嗝了！”

水手大声说：“不！我现在不能老老实实地出去！你得把我带到家乡，带到艾尔比昂的白色峭壁那里，我才能放弃折磨你！”说完，他更加起劲地跳起来。

机灵的小鱼建议说：“你最好把他送回家乡，记得我提醒过你他是一个超级有智慧的男人。”

鲸鱼没有别的办法，只好用鳍状肢和尾巴游啊游啊，虽然打着嗝，也坚持游啊游啊，好不容易游到水手出生的海滨，看到艾尔比昂的白色峭壁。

鲸鱼冲到海滩附近，将嘴巴张开、张大、再张大、张到最大，说：“你可以在这儿换道去温切斯特、艾西洛特、纳休阿、基恩、菲奇伯格路上的停泊地。”

当鲸鱼说到“菲奇”的时候，水手从鲸鱼的嘴巴里出来了。

他不愧是个超级有智慧的男人，趁着鲸鱼一直在游泳的时候，拿着大折刀将木筏砍成一个布满十字图形的四方小格栅，并用吊带（亲爱的，这回你明白为什么让你记住这副吊带了吧）把它捆得紧紧的，然后拖进鲸鱼的喉咙里，牢固地钉在那儿。

最后，水手还吟诵了一句叙事诗，因为你没有听过，我特意告诉你，是这样的——我用一个格栅，阻止了你吃人。

这个水手还是爱尔兰人。他跨步到海滩，走在铺满圆卵石的路上，回家去见曾经允许他用脚趾玩水的妈妈。后来，他结婚了，过着非常幸福的生活。

鲸鱼过得也不错。不过，他喉咙里的那个格栅既咳不出来，也吞不下去，除了很小很小的鱼，什么都没法吃，这就是鲸鱼从不吃大人、不吃小男孩、不吃小女孩的原因。

那条机灵的小鱼藏起来了，躲在赤道附近海底的泥土里，他担心鲸鱼会对自己发火。

水手把大折刀带回了家，穿着蓝色帆布裤走在铺满圆卵石的海滩上，那副吊带被留在鲸鱼的肚子里，用来捆住那个格栅。亲爱的，这个故事讲完了。

小托布拉

正如英文报纸上写的那样："犯人还没有被告席高。"然而，没有人详细报道这件案子，因为谁都不在乎小托布拉的死活。

在法院的红房子里，陪审员们坐在小托布拉头顶的位置，整整坐了一个炎热漫长的下午。

无论什么时候，只要陪审员提问题，小托布拉便行个额手礼，再哀声回答。陪审员们的结论是证据不足，法官也认同这个结论。

确实，这个男孩妹妹的尸体是在井底发现的，而他是当时方圆半英里范围内唯一的人，但小女孩很可能是失足落井。

就这样，小托布拉被释放了。

人们告诉他说，他愿意去哪就去哪。这句话虽然听上去很慷慨，但对男孩来说并没有那么简单，他既没有地方可去，也没有东西可吃，没有衣服可穿。

他走到法院的院子里，一屁股坐在井栏上，望着里面的井水，思考着跳进去的话，如果井里的黑水没有淹死他，会不会得在井底挣扎一辈子。

这时，一个马夫将吃空的马粮口袋放在砖堆上，小托布拉实在饿极了，动手将那个袋子刮了一遍，想找到点漏下的湿麦粒。

马夫大喊道："喂，小偷！刚从法庭的恐怖中被释放的小偷！过来！"

小托布拉被揪着耳朵带到一个高大肥胖的英国人面前。马夫向对方讲了一遍男孩搜刮马粮口袋偷吃的事。

"呵！呵！呵！"英国人高声叫了三遍，说："把他放到网里，带回家去！"

于是，小托布拉被扔进大车上的网里，像一头猪似的被紧紧地捆着，拉到英国人的家里。

"呵！"英国人跟先前一样大嗓门喊着："湿麦粒！老天爷！你们谁出来一下，喂喂这个小要饭的！我们留着他赶马车！听明白了吗？湿麦粒！噢，老天爷！"

吃过晚餐后，仆人们在主人正房后面的住处歇息。马夫头对小托布拉说："讲讲你自己的事吧！你本不是马夫贱民出身，若不是想填饱肚子，肯定不会当马夫。你怎么进法院的？怎么来这里的？快点回答，你这个小崽子！"

小托布拉轻声回答说："家里吃的不够，这里是个好地方。"

马夫头呵斥他说："说真话！否则我们让你清扫那匹大红公马的马厩，那匹马咬起人来跟骆驼一样！"

"我们家本来是榨油的。"小托布拉一边说，一边蹭着脚趾，"我们家原来是榨油的，我爸爸，我妈妈，比我大四岁的哥哥，我自己，还有我妹妹。"

“那个死在井里的小女孩?”一个听说过审讯情况的马夫问。

小托布拉低沉地回答:“是的，我妹妹就是死在井里的那个小女孩。很早很早以前，我记不清到底是什么时候，一场大病传到我们榨油的那个村子里。我妹妹先患了眼病，没过多久就瞎了，后来我们才知道那是天花。接着，我的爸爸和妈妈都染上天花死了，我们兄妹几个成了孤儿，哥哥十二岁，我八岁，还有瞎眼的妹妹。

“当时，牛和榨油机还在，我们仨凑合着跟以前一样榨油谋生。可是，粮食贩子索荣·达斯同我们做生意，把我们害惨了！那头牛是一头非常不好赶的犟牛，我们求神保佑，在牛脖子上放了一些金盏草花，也在穿过屋顶架起来的轧碾机大梁上放了一些，但我们却没有得到什么好处。索荣·达斯真是个狠毒的人！”

马夫们的妻子听到这里，都在窃窃私语:“骗子！竟然这样糊弄孩子！姐妹们，我们太知道那些买卖人都是些什么东西！”

“榨油机是一台旧机器，我和哥哥也没有什么力气，无法把大梁端部牢牢固定在槽里。”

这时，穿着华丽衣服的马夫头的妻子插了一句:“是啊，确实是这样。那可是个有力气的人干的活儿。我以前在娘家没出嫁的时候……”

“闭嘴！女人嚷嚷什么！”马夫头打断她的话，对男孩说，“接着说，孩子。”

“没关系的。有一天，大梁压塌了屋顶，具体是什么时间我忘记了。随着屋顶塌下来，大部分墙也倒了，砸在牛身上，砸断了牛的脊梁骨。结果，我们没了家，没了牛和榨油机，只剩下哥哥、我和瞎眼的妹妹。

“我们哭着离开那个地方，手拉着手穿过田野。我们只有七便士，到了一个不知道叫什么的地方，那里正在闹灾荒。一天晚上，当我们睡着的时候，哥哥拿走我们剩下的五便士逃跑了。我不知道他去了哪里，爸爸的在天之灵一定会诅咒他！

“我和妹妹只好靠讨饭生活。可是，没有人肯赏给我们一点剩饭。他们都说：‘到英国人那里去，他们会给的！’我不知道英国人长什么样子，人们都说英国人是白人，住在帐篷里，我便开始到处找，说不清都去了什么地方。

“我和妹妹一点儿吃的都没有。一个炎热的夜晚，她哭着要吃的。我们走到一个井边，我叫她坐在井栏上，然后猛地把她推到井里。我想，妹妹什么也看不见，死了也比活着挨饿强。”

听到这里，马夫们的妻子一起哭起来：“呜——是他把小女孩推进井里的，因为死了比活着挨饿强。”

男孩接着说：“我当时也要跳井的，但妹妹还没有死，在井底喊我，我一害怕，就吓跑了。从庄稼地里跑出来一个人说，我把妹妹害死了，还把水井弄脏了。人们把我带到一个住在帐篷里的英国白人面前，他的样子很可怕，把我送进了法院。可是，法院没有找到证人。真的，我妹妹的眼睛什么也看不见，死了比活着挨饿强，而且她只是个小孩。”

马夫头的妻子说：“只是个小孩，那你是个什么东西？弱得像一只小鸡，小得像刚出生的马驹，你到底是个什么东西？”

小托布拉伸伸四肢，说：“我原来肚子空空的，现在填饱了，想睡觉了。”

当男孩舒舒服服睡着以后，马夫头的妻子给他盖上了一块布。

老相好

当大地死气沉沉，

天空阴郁晦暗，

花草林木在雨中腐烂时，

那个故去的人啊，

在秋日里骑着马，

去看望昔日的恋人。

——古谣

20世纪70年代，西姆拉还没有盖起办公大楼，雅可山的环山路也没有修建，它们只是躺在公共建设局公文柜里的一张图纸。然而，在那时候，高瑞小姐便听从父母的安排，嫁给了史瑞德林上校。

老上校比高瑞小姐整整大了35岁，每月有200卢比的薪水，名下还有一笔不小的财产，算是一位富有的上等人。不过，每到寒冷的冬季，他的肺部就会剧烈疼痛，而在炎热的夏季，他又随时可能中暑。幸运的是，疾病没有危及老上校的性命。

当然，我没有责怪史瑞德林的意思。他自认为是一位好丈夫，只有在生病让人看护时才会发脾气，一个月大概有17天的样子吧。在钱的问题上，他对妻子算得上慷慨大方，这种慷慨对老上校来说，真是一个很大的让步。

可是，史瑞德林太太一直闷闷不乐。在未满20岁的时候，她就将自己的整颗心奉献给一位心仪的男士，而父母却把她嫁给了史瑞德林。我已经不记得那个男人的名字，暂且称他为“老相好”吧。

当时，“老相好”好像在军需部或辎重部任职，一贫如洗，前途黯淡，而且相貌平平。即便如此，高瑞小姐还是深深地爱着他，并以某种形式偷偷订下了婚约。没想到，史瑞德林上校却突然横插进来，对高瑞夫妇说想娶他们的女儿。于是，婚约被高瑞太太的眼泪冲没了。高瑞太太的眼泪是很有效的武器，特别擅于制服不顺从自己、不敬重自己的家人。凡是遇到难以解决的问题时，她只消不停地流泪，往往都能达到目的。这一点高瑞小姐并不很像母亲，她几乎从来不哭，连举行婚礼的时候都没有流泪。

“老相好”改调到了一个最艰苦的兵营里任职，也许那里的气候可以让失恋的人得到些许安慰吧。他患上了间歇性热病，时时分心，没时间去想以前爱恋的苦恼。由于心境不佳，他后来又添了心脏衰弱的毛病，有一叶心尖瓣已经受到很大影响，而热病更加重了心病，这一点很快就表现了出来。

几个月过去了，史瑞德林太太几乎没断过小病。虽然她不像小说里描写的失恋之人那样萎靡、憔悴，但总是容易染上每一种流行病，哪怕是最轻微的热病。这位正值青春妙龄的女人，失去了应有的芳华与光彩。

“疾病将她变得丑陋不堪。”这是史瑞德林的原话，他一向以讲话直率而自傲。

在妻子失去动人的风姿以后，史瑞德林便任由她独自过活，自己则回到单身汉的老窝里。

于是，史瑞德林太太经常在后脑勺上扣上一顶灰毡帽，孤单地坐在一个破旧不堪的马鞍上，骑着马在西姆拉的林荫道上来回奔跑。

对妻子的情义，史瑞德林只限于提供那匹马。他说一个神经质的女人，用什么样的马鞍都能凑合，如果他当初知道她在婚后会变成这样一个单调乏味的稻草人，绝不会娶她！史瑞德林一向如此讲话。

在史瑞德林太太的抽屉里，几乎没有什么来访者的名片，也没有人请她去跳舞，因为她的舞姿实在不怎么样。

有一年八月，史瑞德林将妻子丢在西姆拉，自己返回了团队。从那以后，史瑞德林太太倒是稍稍恢复了元气，但再也没能重现当年的风采。

我在俱乐部听到别人说，“老相好”就要来了。他的病情很严重，应该没有痊愈的可能了。史瑞德林太太知道他已经病入膏肓，也知道他什么时候会到……当然，我对那些细节并无兴趣，也不想过多了解，估计是“老相好”写信告诉了她吧。从史瑞德林太太结婚前的一个月起，他们两人就再也没有见过面。

以下是这个故事中令人难过的部分：

一日，有人午后拜访，我不得不在达福代尔饭店一直待到黄昏。

那天下午，史瑞德林太太冒着大雨骑着马，在林荫大道上来回奔跑。

回家的路上，一辆双人四轮马车沿着上坡驶来。我因骑马站得太久，有些不耐烦，开始加快速度小跑起来。当我无意间回头一看时，发现史瑞德林太太骑着马，正停在下坡路上，好像在等候那辆马车。她的全身上下都湿漉漉的。

我转过头，继续打马向前。

突然，史瑞德林太太发出一声尖叫！

我赶紧掉转马头，飞跑过去——史瑞德林太太站在马车店的灯光下拼命地大喊大叫……我奔过去的时候，她已经跌倒在地，整个脸部都栽进了污泥里。

马车后座上的那个人端端正正地坐着，一动也不动，一只手紧握着遮雨棚的支柱，雨水顺着他的帽子和胡子流下来——这个人正是“老相好”，但是已经死了，想必是他的心尖瓣没有扛住60英里上坡路的颠簸。

马车夫说：“这位先生在离索龙两站远的地方就死了，我只好用绳子绑住他，免得他摔出去，就这样一路来到西姆拉。先生，您能付给我赏钱吗？他……”

马车夫指着“老相好”的尸体，接着说：“他本来应该付给我1个卢比。”

“老相好”坐在那里，脸上竟然露出一丝笑容，史瑞德林太太仍然在烂泥里呻吟着。

当时，除了我们四个人之外，马车店附近没有其他人。

雨越下越大，首先要做的事，就是把史瑞德林太太送回家；第二件事就是，必须避免她的名字与这件事联系到一起。

马车夫拿到5个卢比，去市场帮史瑞德林太太雇一辆人力车。我又嘱咐他，一定要向马车店老板说明“老相好”的情况，请老板尽量安排好后事。

我搀扶着史瑞德林太太，走进简陋的小棚，一边避雨一边等车。

自打上了马车，“老相好”就一直在车上，没有人碰过他。我想，史瑞德林太太如果大哭一场，或许能释放一些情绪，可是，她一滴眼泪也没掉，神志稍有恢复，她就开始用力尖叫，接着开始为“老相好”的灵魂默默祈祷。

如果史瑞德林太太不是一个非常正直的女人，就会同时为自己的灵魂祈祷，可是，她没有那样做。

我小心地帮她擦去衣服上的污泥，等到车过来了，又扶她登车离开。

这件事真是太可怕了！尤其是当车从墙壁与马车之间硬挤过去时，史瑞德林太太借着灯光，看到了那紧握着遮雨棚支柱的手——那是一只瘦弱而蜡黄的手。

史瑞德林太太回家的时候，正是大家都去总督官邸（当时的总督是彼德霍夫）参加舞会的时候。对于此事，医生听到的解释是：史瑞德林太太不小心从马上摔下来，是我在雅可山后救了她，并匆匆忙忙地为她包扎伤口。

她没有死，史瑞德林上校娶的都是不容易死的女人，她们顽强地活着，活得越来越丑。

在后来的岁月里，史瑞德林太太从没有说起过与“老相好”的这次会面。那天晚上，由于淋雨受凉，她有些咳嗽，病愈后出门，也没有跟别人提起自己在马车店旁见过我。

也许，她根本就不知道曾经见过我吧。

她常常坐在破旧的马鞍上，骑着马在林荫大道上跑来跑去，像是期盼着能遇见某个人。

两年以后，史瑞德林太太返回英国，不久就去世了。

我想，她应该是在朴次茅斯去世的吧。

从那之后，在军官餐厅吃饭的史瑞德林上校时不时地会说上一句：“我可怜的爱妻啊……”

他认为说出心里话非常重要，他也一直是这样做的。

拉宾德拉纳特·泰戈尔

（1861～1941）

印度诗人，1913年获诺贝尔文学奖

获奖理由：“由于他那含义深远、清新美丽的诗歌；他用英语表达出的诗意盎然的思想，已成为西方文学的一部分。”

乐园里的不速之客

这个人从来不追求单纯的实用。他不干有用的活儿，整天想些不切实际的事情。他捏了几件小玩意儿，都是点缀着花纹的泥制品，有男人、女人、动物。他还画了一些画，把时间全浪费在这些不必要的、没有用的事情上。

人们都在嘲笑，有时他也发誓抛弃那些奇思怪想，但早已经根深蒂固，不是那么好改的。

如同那些很少用功，却能顺利通过考试的小男孩一样，这个人毕生致力于无用之事，而死后天国的大门却向他大敞四开。

正当天国判官拿笔断案之际，天国信使却阴差阳错地将此人发配到劳动者乐园。这个乐园里应有尽有，唯独没有闲暇时间。

劳动乐园里的男人感叹说："多好啊，我们没有一点儿空闲。"

女人们也相互勉励着："加油啊，时光不饶人！"

他们见人就说："时间多么珍贵！"或者说："我们有干不完的活儿，我们没有浪费一分一秒！"只有这样，他们才感到自豪和快乐。

然而，这个初来乍到者，在人世间没有做过一丁点有用的事，完全适应不了劳动乐园的生活节奏。他漫不经心地游荡在大街小巷，时不时与那些忙碌的人们撞到一起。即使躺在毛茸茸的草坪上，或湍急的小溪旁，也会令人感到碍手碍脚，免不了遭到那些勤劳人的指责。

一个少女每天都要匆匆忙忙地去一个无声的激流旁提水——在劳动乐园里，连激流都不会浪费放声歌唱的精力。她飞快地迈着轻巧的步子，就像吉他手拨着琴弦弹奏的手指；她的黑发未曾梳理，一缕缕青丝随意披散着，从前额上飘垂下来，偶尔遮挡住那双黑幽幽的大眼睛。

那个无所事事的人站在小溪旁，看到匆匆忙碌的少女，心里陡然升起同情和怜惜，就像看着一个可怜的乞丐。

少女关切地打招呼说："嘿！您没有什么活儿干，是吗？"

他叹了一口气，说："干活儿？我从来不干活儿！"

少女有些迷惑，说："如果您愿意，我可以给您分点活儿。"

"好啊。'无声'小溪的少女啊，我一直等着从你那分点活儿呢！"

"那您喜欢干什么样的活儿呢？"

"把你的空水罐给我一个吧。"

"水罐？您是想从小溪里打水吗？"

"不，我只是想在水罐上画一些画。"

少女惊讶地看着他："画画？哼！我可没时间跟你这种人费口舌，我走了！"说完，少女转身就走。

然而，一个忙忙碌碌的人怎么可能磨得过一个无所事事的人呢？从那天起，他们每天都见面，每天他都对少女说："给我一个空水罐吧，无声小溪的少女，我要在上面画画。"

终于，少女同意了，给了他一个空水罐。他很认真地画起来，画了一条又一条线，涂了一层又一层颜色。

少女举起那个水罐，仔细端详着，眼神变得迷惘起来，皱着眉头问：“这些线条和颜色都是什么？你要表达什么意思呢？”

他大笑着说：“什么也不是。一幅画本来就可以什么都不意味，什么都不表达。”

少女提着水罐走了。回到家以后，她把水罐拿到灯下研究起来。她从各个角度，翻来覆去地品味那些图案。夜里睡不着，她又起床点灯，静静地察看一番。

平生第一次，她发现了什么也不是，什么也不表达的东西。

第二天，少女又去小溪提水，却没有像以前那么匆忙，心底萌发出一种新的感觉，一种什么都不是、什么都不为的感觉。

她又看到那个无所事事的人，颇有些慌乱地问：“您还需要我做什么？”

“想为你做更多的事。”

“您喜欢做什么呢？”

“给你的黑发扎一条彩带。”

“为什么？”

“不为什么！”

少女扎好发带，变得明艳动人。从此，这位劳动乐园里的忙碌少女，开始每天花很多时间用彩带扎头发。

随着时光的流逝，渐渐的，劳动乐园里的许多工作不了了之。以前勤快的人开始偷懒，将宝贵的时间耗费在画画、雕塑这类事情上，乐园里的工作逐渐荒芜。

长老们非常惊讶，赶紧召开会议，大家一致认为，这种事情在劳动乐园中前所未有。

天国信使匆匆来到乐园，向长老们鞠躬道歉说："我将一个人错带进这里，造成现在的局面都怪他。"于是，那个荒废时间的人被喊过来。长老们立刻注意到他的奇装异服，还有那些非常精致的画笔和画板，顿时明白他不是乐园需要的那种人。

酋长正色道："这里不是你待的地方，立刻离开！"

他长长地舒了一口气，整理好自己的画笔和画板。就在他即将离开的时候，那位少女飞奔而至，大喊道："等等我，我跟您一起走！"

长老们顿时呆住了，这可是劳动乐园里史无前例的事情啊！一件什么也不是、什么也不为的事。

编辑

妻子在世的时候，我很少照顾女儿普罗芭，大部分时间都在为她生病的妈妈奔波忙碌。

其实，看着女儿嬉笑玩耍，听她咿呀学语，或者逗逗她玩，还是很有趣的，但我却没有多少耐心，高兴的时候抱抱她，哭闹的时候立马交给妻子，转身走开，从没想过付出更多的关怀，更没想过独自抚育她。

然而，妻子不幸过早离世，抚育孩子的责任完全落到我的肩上。女儿失去了母爱，父亲要付出双倍的怜爱；父亲失去了妻子，女儿要奉上更多的关怀。

可是，我很少考虑到这些，普罗芭从六岁开始操持家务，显然她想成为父亲唯一的照管人。

对于普罗芭的关心，有时我不免暗自发笑，但表面上装得很顺从。我意识到，自己越显得需要帮助，她就越高兴。如果我自己拿衣服，取雨伞，她便会觉得很委屈，像侵犯了她的权利似的。以前，她肯定没见过像爸爸这么大的洋娃娃，所以现在将服侍我穿衣、吃饭、睡觉当作极大的快乐，只有在我教她识字和读书的时候，她才能感受到父亲的权威。

时间过得飞快，不知不觉间就到了女儿出嫁的年纪。嫁女儿需要许多钱办嫁妆，可我到哪里去弄这笔钱呢？而且，普罗芭多少有些文化，若是嫁给一个目不识丁的莽汉，将来的处境能好吗？为了把女儿嫁给中意的对象，我得想办法多赚钱！

可是，我年纪大了，不可能再拼搏一番到政府部门去工作，也没有门路去别的好单位，这可怎么办呢？

想来想去，我决定试试文笔，搞搞文学创作。

裂了缝的竹筒既不能装油，也不能盛水，变得毫无价值，但钻了眼的竹筒却能成为竹笛，吹奏出美妙的曲调。我自以为，如果各种职业都做不了，没准能写出一本好书呢！

怀揣着这种勇气，我写出一部喜剧，果然得到人们的交口称赞，还被搬上舞台！

喜剧给我带来了掌声和荣誉，同时也带来烦恼，我再也不能抛开这个已经开始的事业，整天愁云满面，挖空心思地写剧本。

普罗芭面带微笑，亲热地提醒我："爸爸，你不去洗澡吗？"

我却极不耐烦地嚷道："出去出去！别打扰我，让人生气！"

女儿的笑容立即不见了，难以置信地看着我，就像被一阵风熄灭的灯。我沉浸在自己的烦恼中，根本没有顾及她怀着怎样委屈的心情，悄悄地出去了。

由于创作的不易，我的脾气越发变得喜怒无常，易爆易怒。我赶走了女仆，时不时还殴打杂役，甚至拿着棍棒赶跑上门讨饭的乞丐。

我们家住在路旁，上门问路的人我理都不理，直接叫他们滚开。任谁都看不出来，当时我正在写幽默喜剧呢。

我的兴趣、荣誉与日俱增，却没增加多少收入。我已经不再考虑钱的问题，给普罗芭找个好丈夫的事更被我抛到九霄云外。如果不是发生了一件出乎意料的事，可能至今我还没有清醒过来，仍然浑浑噩噩地生活。

贾希尔村的地主想出版一份小报，聘请我做编辑，我很高兴地同意了，在那里全力以赴地写文章。当时，只要我一出门，村里人都会指手画脚地称赞我，仿佛我浑身散发着正午的光芒。

贾希尔村与阿希尔村毗邻，两村地主之间怀有根深蒂固的敌对情绪，两方的村民动不动就以棍棒相见。后来，事情闹得不可开交，地方长官迫使双方签字画押，保证彼此不再进行械斗。贾希尔村的地主雇用我，就是将械斗演变为文斗，大家还赞誉我保卫本村的荣誉。

我写的文章火力十足，轰得阿希尔村抬不起头。我将所有的墨水泼向他们的祖辈，泼向他们的家族史；我用犀利的笔锋抛出一支支致命的投枪，刺向阿希尔村的列祖列宗。而整个贾希尔村则欢声笑语，像熟透的甜瓜裂开了口。

那段时期，我过得非常快活，整天得意扬扬，面带笑容，连身体都自在地发了福。

终于，阿希尔村也出版了一份小报，用词毫不考究，直接以最通俗的语言进行谩骂，上面的每个字母都跳到我眼前，向我号叫着宣战！两村的人都十分熟悉这种文章，对于其指向和含义非常清楚。而我写的文章却截然不同。因为我见多识广，可以引经据典，写得幽默诙谐，再借助高超的写作技巧，使含义更加隐蔽——换句话说，用我的文章攻击对方，无论敌友，都难以把握语句中的确切含义。结果呢，尽管我的文章占了上风，大家却以为我是失败者。

事实所迫，我不得不考虑写一篇关于文雅问题的文章。

这时，我发现自己犯了一个大错误。要知道，嘲弄好东西比较容易，但嘲弄应该讽刺的东西可就难了。就如猴子很容易模仿人类的动作，但人类却很难模仿猴子的动作。一般的民众谁管你文雅不文雅！

渐渐的，雇主明显没有以前那样重视我，集会上的威信也渐渐失去，在街上闲逛的时候也没有人主动来找我聊天，甚至开始有人嘲笑我了，当初写喜剧得到的声望被人们忘得干干净净。

我忽然意识到，自己就像一根火柴棒，燃烧片刻便会完全熄灭。我突然变得心灰意冷，头痛得一个字也写不出来，感觉日子过得了无生趣。

普罗芭变得非常胆小，对我敬而远之，不喊她就不敢靠近我。她感觉泥娃娃都比爸爸好很多，因为她的爸爸只知道整天写文章，几乎完全不理她。

没想到，事情还不是最糟糕的。阿希尔村的小报竟然避开我的雇主，将矛头对准我，用极其粗鲁恶毒的语言攻击我。一时间，熟悉我的人纷纷带着小报登门拜访，哈哈大笑着读给我听。有的人说，暂且不论文章内容，语句倒是带着十足的勇气。也就是说，文章将想骂的内容淋漓尽致地表达出来了。整整一天，我至少从二十个人的口中听到类似的话。

我的房子前面有一座小花园。当天傍晚，我怀着极其郁闷的心情独自在那里散步。外出的鸟儿都归巢休息了，停止了叽叽喳喳的叫声，以保持傍晚的宁静。我突然有所感悟，鸟群之间没有摇旗呐喊、针锋相对的写作集团，也没有文雅不文雅的争论。

我不禁陷入沉思，思考如何回答那些恶毒的毁谤。道德与清高并不能使各种各样的人都理解它们，粗鲁的语言反倒更容易被人理解。我准备用这种理念写一篇文章反击，绝不承认失败！

突然，漆黑的夜幕中响起一个熟悉的、温柔的细语声，随后一只滚烫的小手触到我的手掌。我正为自己的思绪激动不已，对声音置若罔闻，对触及毫无反应。

过了一会儿，那个声音仍在我耳边回响，那个小手仍在我的掌心里。普罗芭慢慢地靠近我，温声细语地叫了一声："爸爸。"

没有等我回应，她将我的右手放到自己的额头上，不知道什么时候轻轻地出去了。

普罗芭已经很多天没有这样亲热地喊过我，没有这样主动靠近我，所以，她的举动使我突然清醒过来。

我回到屋里，见女儿萎靡不振地躺在床上，微闭着眼睛，宛如一朵黄昏时凋谢的小花，令我的心一凛。

我摸摸女儿的头，才知道她在发高烧，毫无疑问会呼吸困难，头昏脑涨。这时候的女儿多么盼望父亲的关心和照顾啊，而我这个失职的父亲，却在为贾希尔村的报纸构思有力的反击。

我坐在普罗芭身边。她默默地用一双发烫的小手，握住我的手，放在自己的额头上，一动不动地躺着。

我站起来，抓着贾希尔村和阿希尔村的报纸，一股脑扔到火炉里。我再也不去反击了，我承认自己失败了，但心里却有一种从未有过的痛快感。

妻子刚去世不久，我把女儿抱在怀里。我终于下决心结束这种卑贱的职业，结束这种像继母一样虐待孩子的编辑生活，我抱着普罗芭，进到里面的卧室。

小媳妇

什博纳特是教我们二三年级的老师，外表没有什么太特别的，刮得干干净净的胡须，剪得短短的头发，后脑勺留的那撮毛就像标志一样，但学生们一见到他就非常紧张。

我们都知道，自然界中有些动物身上长着刺，所以没有尖利的牙齿。然而什博纳特这位教书先生，却将这两样都长齐了。

他的巴掌、拳头、耳光，如同击打花园里幼苗的箭雨一般，纷纷落在学生们的身上，再加上刻薄如火舌一般的语言，将学生们的灵魂都烧出了壳。

什博纳特经常发牢骚说，现在已经不存在以前那种师生关系，学生们不再像敬奉神明一样对待老师。因此，他时常猛劲向学生头脑里灌输自己那副不受尊敬的威严，还发出威胁性的大喊大叫，如同雷鸣一般，夹杂着一些十分下流的谩骂，那副无耻的小人嘴脸暴露无遗。

不管怎么说，如果我们把这位老师称作“因陀罗”“旃陀罗”“伐楼拿”“加尔迪克”等天神的名号，肯定不会犯错误，但只有一位神能与他相提并论，就是死亡之神“阎摩”。当时，我们都在心里默默地盼望着，希望他能尽快前往阎摩的地府。过了这么多年月以后，我们现在已经知道有那个想法也不算什么过错，不必再为此担惊受怕。

不过，有一点很容易理解，天神从不欺压人，从树上摘一朵花献上，他们就会很高兴，不献的话也不强求。

我们的老师什博纳特有一件专门用来惩罚学生的利器，虽然看上去微不足道，实际上却非常令人生畏。这件利器就是给学生们起一个荒唐的新名字，就是外号。

名字这个东西，除了发音以外没有什么其他意义，但往往人们对于自己的名字，比对自己本人更在意。有些人为了出名，什么痛苦都能忍受；有些人为了保护自己的名声，甚至毫不犹豫地牺牲自己的性命。对他们来说，若是名字受到玷污，如同伤到内心要害。人们一贯将精神上的东西看得比物质重要，认为人的价值比黄金珍贵，人的尊严比生命珍贵，人的名声比自身珍贵。

正因为内心那些潜在情感规律不停地运作，当什博纳特先生给绍什舍科尔起了一个“歪嘴鱼”的外号时，这个孩子非常痛苦。尤其当他得知这个外号蕴含着对自己外貌的暗示时，更加重了内心的痛苦。然而，他只能装作平静地忍受了这一切，不声不响地坐在教室里。

阿舒的外号叫“小媳妇”，它的来历有一段故事。

阿舒是班级里最值得同情的好孩子。他的年龄最小，平时很腼腆，基本上跟谁都不说话，大家主动打招呼，他也只是跟对方微微一笑。阿舒的学习成绩很好，学校里有很多孩子都想跟他交朋友，他却不同任何人玩耍，放学后立即回家，一分钟都不耽搁。

有一段时间，阿舒家的女仆经常来学校，送来用莎罗树叶包着的甜食和一小铜罐水，他为此羞得简直要死了似的，女仆离开后才能活过来。作为优等生，阿舒有很多优点和长处，但从不向同学们炫耀，也从不透露自己的家庭出身、父母、兄弟姐妹的情况，好像这些都是需要保守的秘密。

阿舒虽然成绩很好，但有时会迟到。每次什博纳特老师询问迟到原因，阿舒都没有令人信服的理由，因此常常受到带有侮辱性的惩罚，比如让他把手放在膝盖上，弯着腰站在走廊的楼梯旁，受罚时可怜羞愧的样子，四个年级的学生都看见了。

有一天，学校放了一天假。第二天，什博纳特老师走进教室，坐在椅子上，两眼盯着教室门。这时候，阿舒走进来，手里拿着一块石板和几本用墨迹斑斑的旧布包裹的书，看到老师时的表情比往日更加腼腆。

什博纳特先生冷笑了一声，说："小媳妇来了啊。"

上完课以后，什博纳特先生对全班同学说："注意一下，你们都注意听着！"

当时，仿佛地球上所有的引力都在用力将阿舒吸入地面，但他仍然坚强地面对着同学们的目光，一动不动地坐在凳子上，只有围裤的一角随着一双小脚不停地摇摆着。我敢说，随着岁月的流逝，阿舒的年龄也不断增加，在以后的生活中还会经历许多荣辱苦乐，但肯定没有哪一天能与那天相比，他的心灵肯定在那一日留下了极端的痛苦。

不过，这件事说起来并不复杂，几句话就能说完。

阿舒有一个小妹妹，她没有同龄的玩伴，也没有姐妹，只能同哥哥一起玩儿。他们家凉台的下面是家里停车场，四周围着铁栅栏。放假那天大雨下得没完没了，街上偶尔能见到几个零星的人影，提着鞋打着伞，急匆匆地赶路。阿舒和妹妹坐在停车场的台阶上玩。

兄妹俩在玩洋娃娃结婚。阿舒一边忙着布置结婚仪式，一边指导妹妹做事。这时，他们想起来还缺少主婚祭司。妹妹跑到一个人跟前，问："嘿，你能不能过来做我们的主婚祭司呀？"

阿舒转过身的时候，正好看到站在停车场里的什博纳特老师。他手里提着已经折起的湿漉漉的雨伞，全身几乎被雨淋透了。原来，他是见雨下得太大，躲进来避雨的，结果被小女孩请来做洋娃娃结婚的祭司。

阿舒立刻放弃游戏，跑进屋躲起来，连妹妹都不管了。当然，一天的假日也被彻底毁了。

第二天，当什博纳特老师用讥笑的语气，讲述了这件事情，并且当着全班同学的面，给阿舒起了一个"小媳妇"外号的时候，阿舒只是以微笑来掩饰自己，以微笑来面对同学们的取笑逗乐。

铃声响了，其他班级都下课了。阿舒家的女仆拿着用莎罗树叶包着的两块点心和一小铜罐水走了进来，站在门旁。阿舒面带微笑的脸忽地一下红到耳朵，连额头上的静脉都凸显出来，他再也无法控制自己，眼泪止不住滚落下来。

而什博纳特先生在休息室喝了一点儿水以后，又在那儿心安理得地抽着烟。教室里的同学们却在兴致勃勃地围着阿舒，大声喊道："小媳妇！小媳妇！……”

可怜的阿舒意识到，那个雨天与妹妹的玩耍，成为他今生中最丢脸的一件事，他甚至都不敢去想，将来大家会不会在某一天忘记这件事。

克努特·汉姆生

（1859～1952）

挪威小说家、戏剧家、诗人，
1920年获诺贝尔文学奖

获奖理由：表彰他“创造了
里程碑式的作品”。

文学的盛宴
语言的狂欢

爱之奴

1

我失去了小餐馆的工作和快乐时光，失去了一切，为了减轻内心的痛苦，才写下这篇小说。

事情发生在我打工的玛克西米连餐馆。一位穿灰衣服的年轻先生和他的两个朋友几乎每天都来餐馆，坐在由我负责的桌旁。当然，也有其他顾客经常来这里，他们对我起码能说上一句客气的话，只有这位灰衣服先生是例外。

他长得又瘦又高，松软的黑发，蓝色的眼睛，上唇已经长出点小胡子，有时会朝我看一眼。刚开始，他大概对我有些反感，真够气人的！

有一个星期，灰衣服先生每天都来，我也习惯如此，有时若没来还会想他。一天晚上，他没有来，我用目光四处寻找，最后看到他在另一个入口靠大柱子的一张餐桌旁，身边坐着一个穿黄色衣服的马戏团女人，非常年轻，长长的手套一直套到胳膊肘上。她有一双美丽的黑眼睛，而我的眼睛却是蓝色的。

我偷着凑过去，在他们旁边待了一小会儿，听到几句谈话。好像女人在责备什么，说讨厌他，让他走开。

我心里有些愤然，暗自祷告："噢，圣母玛利亚，他干吗不来找我？"

第二天晚上，灰衣服先生与两个朋友来了，坐在我负责的一张桌旁。当时我正照应着五张桌子，没有像往常那样立刻过去招待他们，而且莫名其妙地红了脸，只好假装没有看到，直到他招手叫人，我才走过去。

"你们昨天没有来？"

"看，我们的招待员身材真苗条，多招人喜欢！"他对两个同伴说。

"要啤酒吗？"我问。

"要。"

于是，我一路小跑地送来三大杯啤酒。

2

过了几天，他给我一张明信片，说："把这个送到……"

没等他说完，我就接过来，给那个黄衣女郎送去了。我在送明信片的时候看了看他的名字：伏拉基米尔·特×××。

回来后，他眼巴巴地望着我。

"干什么？我已经送去了。"

"没带回什么话儿？"

"没有。"

他给了我一马克，笑着说："没回话的本身就是回话。"

几乎整个晚上，灰衣服先生一直坐着没换地方，盯着那个黄衣女郎和陪着她的人。夜里十一点的时候，他站起来，朝那桌走去。

不出意料，他遭到女人的冷遇。两个陪同者倒是搭了几句话，问了几个刻薄的问题，不停地讥讽他。

灰衣服先生在那边只待了几分钟。回来后，我指给他看雨衣口袋上的啤酒，是他们倒的。他脱下雨衣，猛地转过头，朝黄衣女郎那边盯了一会儿。

我帮着擦干雨衣。他对我说："谢谢，女仆。"

帮忙穿雨衣的时候，我偷偷地抚摸了一下他的脊背，速度飞快。

他坐下来陷入沉思。一个朋友还要啤酒，我给添满后，想给特

×××的杯子也斟满。

“不要了。”他说着，将手很自然地搭在我的手背上。我的心跳顿时加快几拍，赶紧抽回手。灰衣服先生大概察觉我的异样，将手收了回去。

当天晚上，我在床前跪下来，为他祈祷两次，并兴奋地亲吻自己的右手——他碰过的那只手。

3

有一次，他送给我花，许多许多的花，红艳艳的一片，是进门前从卖花姑娘那里买来的，一篮子花几乎都让灰衣服先生买了。

他将花儿放在桌上，放了好久，朋友都没有来。我一有机会，便站在柱子后面偷偷地打量着对方，不停地在心里说："他是叫伏拉基米尔·特×××啊！"

大约过去一个小时，灰衣服先生不停地看表。我问："你在等人吗？"

他心不在焉地看了我一眼，突然说："没有，我谁也不等，我能等谁？"

"我以为你在等人呢！"

"你过来，"他喊我，"这个给你！"

他把那些花都给了我。

我道了一声谢，不知为什么声音小得可怜。我捧着花，浑身的血液都沸腾起来，回到工作台的时候，有些上气不接下气。

"需要什么？"女管事问。

"你猜怎么了？"我答非所问。

"什么我猜怎么了？"女管事员疑惑地问，"你疯了？"

"猜猜谁给我的这些花？"

这时，经理走过来说："你还没给那位装假腿的先生上啤酒呢！"

“是伏拉基米尔送给我的。”说完，我端上啤酒赶紧走了。

伏拉基米尔还没有走。他刚站起来要走，我又跑过去道谢。

他犹豫了一下，说：“其实，我是给别人买的。”

唉，即便是他给别人买的，可我得到了，归我了，反正不是他要送的那个人得到的。何况，因为这些花，我还向他表示了谢意。晚安，伏拉基米尔。

4

第二天早晨，天下雨了。我是穿那件黑色的衣服，还是穿绿色的那件呢？我想了想，还是穿绿色的吧，那件最新，就这样定了，哎呀，我多么幸福啊！

走到电车站的时候，一位妇人正淋着雨等车，没有带伞。我请她跟我共用一把，她却拒绝说："谢谢，不用了。"

于是，我把伞收起来，这样她就不是一个人被雨淋了。

那天晚上，伏拉基米尔又来到小餐馆。

"谢谢你昨天送给我的花。"我自信满满地说。

"什么花？"他问道，"再别跟我提那些花了！"

"我只是谢谢你给我的花。"

他耸耸肩，说："我爱的人不是你，女仆。"

他爱的人不是我，当然不是！我压根没奢望他会爱我，所以并不失望。我每天晚上都能见到他，他坐在由我负责的桌子旁，没有再去别的座位，每天都是由我倒上啤酒。

欢迎你再来，伏拉基米尔。

又到了晚上，他来得比平时晚一些，问我："你的钱多吗，女仆？"

"不多，对不起，我是个贫穷的姑娘。"

他看着我，微笑着说："你大概误解了，我需要一点儿钱，明天就能还给你。”

“我在家里有点儿钱，一百三十马克。”

“在家里？不在这儿吗？”

我赶紧回答说：“等一刻钟吧，下班后一起去取。”

他等了一刻钟，跟着我去了，说只要一百马克。

我们并排走着，他一直彬彬有礼地控制着自己的速度，既不把我甩在后面，也没让我独自走在前面，据说好男人都是这样的。

到了家门口，我说：“我只有一间小屋子。”

他说：“我不上去了，在下面等你。”

我下来后，他数数钱，说：“这些可不止一百马克，给你十马克的小费。是的，是的，听我说，我要给你十马克的小费。”

说完，他递给我钱，说了声：“晚安。”

伏拉基米尔转身走了。我看他在街拐角处停了一会儿，给那个跛脚讨饭婆一个硬币。

5

第二天晚上，他一见到我就说：“对不起，我今天还不上你的钱。”真是谢天谢地，他没有钱还我，还坦率地说，钱都花光了。

“有什么好解释的呢，女仆？”他笑了笑，接着说，“你知道的，那个黄衣女郎。”

“你干吗管咱们的女招待叫女仆？”他的一个朋友问，“你可比她有奴相！”

“要啤酒吗？”我打断他们的话。

过了一会儿，黄衣女郎来了。伏拉基米尔站起来向她弯腰施礼，一副毕恭毕敬、极其认真的样子，头发把他的脸都遮住了。

对方没有理会，从他身边走过，坐在一张空桌旁，对面有两把空椅子，她以眼神示意。

伏拉基米尔赶紧走过去，坐在黄衣女郎指着的一把椅子上。大约过了两分钟，他站起来，大声说：“好，我这就走，再也不回来了！”

“谢谢，那太好了！”她回敬说。

我高兴极了，一口气跑到工作台，忍不住告诉他们，他再也不去找她了。这时，经理正好走过来，狠狠地训了我一顿，但我根本没有往心里去。

小餐馆十二点关门。伏拉基米尔送我到家，说：“请把昨天那十马克小费再借给我一半。”

我当然愿意把十马克都给他。他收下了，不容我争辩，又给了我五马克的小费。

“今天晚上我太高兴了，要是你能上去就好了，只是房间小了点。”

“我不上去了，晚安。”他转身走了。

这回，尽管街拐角那个跛脚讨饭婆向他屈膝行礼，他却忘了给她一点儿钱。我赶紧跑过去，给了讨饭婆一点儿钱，说：“这是刚才从这儿经过的那位先生给你的，穿灰衣服的那位先生。”

“穿灰衣服的先生？”讨饭婆疑惑地问。

“就是那位黑头发的年轻人，伏拉基米尔。”

“您是他的妻子吗？”

我回答说：“不，我是他的女仆。”

6

后来，一连几个晚上，他都说很抱歉，没有钱还给我。我求他不要再提这件事。

他的声音很大，大家都听见了，一些人还嘲笑他。

他懊恼地说："我真是一个无赖！借了你的钱却还不起！我宁可砍下右手，去换一张五十马克的钞票。"

我听了心里很难受，不知道应该去哪儿帮他找些钱，我很清楚自己的无能为力。

他对我说："如果你想知道为什么变卦了，我可以告诉你，黄衣女郎随马戏团去了别的地方，我已经忘掉她，再也不想她了！"

"你今天不是还给她写了一封信吗？"一个朋友揶揄道。

"最后一封。"伏拉基米尔答道。

我从卖花姑娘那里买了一朵玫瑰花，给他别在左边扣眼上。我的双手感觉到他的呼吸，颤抖着别了好几下才完成。

"谢谢。"他对我说。

我到工作台找他们要回应该支付给我的几马克，送给伏拉基米尔。其实，这真算不得什么。

"谢谢。"他再次对我说。

那天晚上，我一直很高兴。可是，伏拉基米尔忽然大声说：有了这些钱，我可以出去逛一个星期，回来以后就能还你钱了！

他见我有些激动，拉着我的手，大声说："我爱的是你！"

我有些迷惑。他要走了，却不说去哪儿，甚至问了也不说。顿时，我觉得眼前的一切，餐馆、吊灯、周围的顾客……都旋转起来，实在令人难以忍受，我一下子抓住他的手。

"一个星期后，我就又和你在一起了。"他说着，突然站起来。

这时，我听到经理的声音："你还是另谋高就吧！"

"走就走！"我心想，"有什么了不起！过一个星期，伏拉基米尔就回来和我在一起了！"我想谢谢他，转过头一看，他已经不见了。

7

一个星期以后，晚上我回到家，收到伏拉基米尔寄来的一封信，内容实在令人沮丧。

他说去追黄衣女郎，恐怕再也还不上我的钱，言辞间非常悲伤。最后，他再次谴责自己是无耻之徒，落款处写着：黄衣女郎的奴仆。

我没日没夜地伤心，没有心思做任何事。一个星期后，我失去了工作，开始为生活奔波。白天，我去别的餐馆或饭店申请工作，有时还挨家挨户按门铃，询问他们是否需要帮手。然而，一切都是徒劳。晚上，我花半价买来所有报纸，在家里浏览那些招聘启事，心想自己或许能找到一个好工作，既能救伏拉基米尔，也能救自己……

可是，昨天晚上，我在报纸上看到了他的名字。读完相关的消息后，我冲出家门，在外面游逛了一夜，今天早上才回来。也许夜里我在哪儿睡了一觉，或者在谁家的台阶上呆坐了一阵儿，具体都不记得了，我丢失了一夜的记忆。

今天，我又读了一遍那则消息。昨晚回到家以后，我第一次在报纸上看到他的消息。刚开始我紧握着双手，过一会儿又跌坐在椅子上，再一会儿又靠着椅子坐在地上，一边想一边用手拍打着地板——或许我根本没有想什么，但脑海里却充斥着一种嗡嗡声，感觉完全迟钝了。也许就是那个时候，我冲出家门，跑了出去。

我记得自己在街拐角的地方，给了那个讨饭婆一个硬币，对她说：

“这是那位穿灰衣服的先生给你的，还记得他吗？”

“您是他的未婚妻吧？”

我回答说：“不是，我是他的遗孀……”

我茫然无措地在街上徘徊，一直到天亮。现在，我又读了一遍那则消息。

他叫伏拉基米尔·特×××。

格拉齐娅·黛莱达

（1865～1936）

意大利女作家，1926年获诺贝尔文学奖

获奖理由：由于“她那为理想所鼓舞的作品，清晰地描绘了她的海岛故乡的生活，并以同情的态度处理了人类问题”。

文学的盛宴
语言的狂欢

妻子

两头灰白色小牛拉着一辆撒丁岛式的大车，在平原上缓缓前行。

回想起来，这件事就像发生在昨天。当时，我们正步行前往一座葡萄园，那辆牛车行驶得非常沉重缓慢，走着走着就追上了它。

赶车的男人个子较高，穿着一身很土气的红衣服，留着灰里透红的大胡子，乱糟糟地纠缠在一起。

车上有一个看着不怎么年轻的女人，坐在一条黑黄相间的麻袋上，一副马莫亚达那里的装束，大理石般生硬冷淡的脸上配了一双清亮的栗色眸子，绽放着激情与青春的光芒，身上的紧身小上衣绣着两道花边，双手放在围裙下，整个人犹如一朵盛开的艳丽玫瑰。

当时正值深秋，树上还保留着全部深黄色的叶子，浅绿色的田野被已收获的葡萄园画出一个个铁锈红的格子，辽远苍凉的天空给万物洒下宁静如月的光辉。

与我们同行的女仆好奇地盯着车上的女人，过一会儿，便同对方攀谈起来。

“你从哪里来，是身体不舒服吗？”

女人展开孩童般快乐的微笑，似乎连空气都变得生机盎然："我以前生过病，不过现在身体很好，刚从牢房里出来。"

女仆有些生气地说："你为什么这样回答我？"

"难道这样回答不对吗？我说的可都是真话。"

女仆尖声惊呼。

"蠢女人，你喊什么？"女人不屑地说，"如果你是我，也会做出同样的事！"

"那可不一定。"

"我知道你会做，因为我是女人，你也是女人。"

"你做了什么事？"

女人在围裙下绞动双手，突然笑起来，抬起眼眸向上望着，好像用目光追随着在银灰色天空中飞来飞去的乌鸦。

"我杀了一个女人。"她波澜不惊地说。

女仆听了，更加不停地尖叫。女人皱起眉，面带冷漠地说："你疯了吗？魔鬼的女儿，叫喊什么？你突然让我想起那只猫——对，那只猫的眼睛跟你的眼睛一样，绿得像芦苇叶子。你瞧瞧她，西蒙内。"

男人神情淡然，沉默不语，双眼目不斜视，望着自己前方的远处，身躯显得高大庄重。

"这么说你真的杀了一个女人？为什么，可以说来听听吗？"

"为什么不可以？因为她惹我心烦，她是我丈夫的情人。"

"哦！"

"那年我十五岁，不对，快十六岁了。住手，西蒙内，别用鞭子抽打牛，慢点走，让这些先生都听清楚。你们要不要到车上坐一会儿？车是干净的。当时，我十五岁多，那个女人差不多三十岁，他二十岁。她来勾引他，我毫不留情地破口大骂，那女人的脸涨得跟石榴一样红。他很晚才回来，我感到夜里非常冷，等着他，等着他，时间过得慢极了，那种感觉就像在办丧事。于是，我突然想杀了她！

“我暗自盘算，自己会判二十年徒刑，出来的时候三十六岁，他四十岁，而那个女人永远不会再妨碍我们，他会依然爱我。那时我就是这样想的。不过，我至今都不知道，如果她没有天天惹我生气，我究竟有没有胆量杀了她？是的，是她找上门来惹我，我们是近邻，她总是找借口来讨一点儿发酵粉或几根火柴，或者找借口唤回她的小猫——那只猫总来我家院子，一只绿眼睛的黄猫，我永远忘不了。”

“那女人有丈夫吗？”

“没有，她没有丈夫。难道你还没明白她是一个坏女人吗？我一看见她就浑身发抖，泪眼蒙眬，什么都看不见，只觉得她是一团要毁灭我的火。有一天，她像往常一样，以找小猫为理由来到我家。小猫趴在院子里，我丈夫也在那里晒太阳。哦，想起来了，是一个星期日的午后。她走进来打招呼说：‘嗨，我来抱猫。小母老虎，你一直躲在这里吗？’看见她，小猫跳起身，躬着背跑到她的裙边蹭。我丈夫也站起来，做出几乎与猫相同的动作。

“那时，我正在厨房，觉得那句‘小母老虎’是在骂我，于是操起墙上装好子弹的长枪，冲到院子里开了一枪。那婆娘顿时倒地身亡，我丈夫像狗一样嚎起来，那团火依然在我眼前。猫没有逃走，不停地在死去的主人身上挨挨蹭蹭，围着她转圈，时不时瞪着绿眼睛盯着我，终于再次把我惹恼了，朝着猫又开了一枪！

“人们听到枪声，从四面八方跑过来，全都大呼小叫，犹如疯狗，犹如饿狼。有一个当兵的也来了，开始绕着我兜圈子，刚开始还离得远一点儿，越兜越近，渐渐紧逼过来，就像狐狸围着葡萄转，最后把手搭在我身上。他是来抓我的吗？难道我不知道应该到法官那里自首，然后进监狱，用得着他动手抓我吗？所以我理所当然抓伤了他，自己跑去找法官。人们跟在我后面，还有小孩朝我扔石头子儿。

“我一边跑，一边想着以后的事。我害怕自己被判三十年徒刑，如果那样的话，出来的时候就是老太婆了，而他，我的丈夫，将变成一个老头，那么我出来还有什么意义呢？我非常懊恼自己杀了那只猫。真的，我真的为此感到很难过。你觉得很好笑吗？我向你发誓，真的很难过。如果它那天不来我家多好，那只无辜的动物有什么过错？二十年来，我在牢里每隔三个夜晚就会梦到那只可怜的畜生，我一点儿都没有撒谎，真的。”

女人停了一会儿，接着说：“在法庭辩论的时候，还扯到猫的事情。公诉人指责我非常残忍。残忍？法院的这些人真的让我觉得非常可笑！我反驳说：‘长官大人，你们可以设想一下，假如你们遭到背叛，受到挑衅，会做出什么事情？哼，你们这是坐着说话不腰疼，在审判席上不用着急不用上火，根本不知道什么是愤怒，什么是恼火，什么是嫉妒，什么是痛苦！’那只猫也惹我生气，是的，我现在后悔杀了它，但在当时什么都顾不上；还有那个当兵的，他凭什么来抓我？难道我不懂自己的责任吗？好吧，他代表王法，应该逮捕我，这没错，但我非常明白自己的责任，也知道上帝会帮助我。

“就这样，我蹲了二十年牢。现在我回来了，我渡海出去过，见识了很多事。他们在努奥洛将我释放，我丈夫赶着车来接我回家乡。发生了这些事以后，我始终还是他的妻子：妻子是拴在丈夫身上的，拴在丈夫怀里的，就像孩子出生之前在母亲怀里一样，是不是，西蒙内？”

男人赶着车沉默不语，一副诚惶诚恐的样子，牛车缓慢地向前走着，走着。

惊诧万分的女仆说：“我觉得被判了刑的人是他！”

约翰·高尔斯华绥

（1867～1933）

英国小说家、剧作家，1932年获诺贝尔文学奖

获奖理由：“为其描述的卓越艺术——这种艺术在《福尔赛世家》中达到高峰。”

文学的盛宴
语言的狂欢

品质

我年少时就认识他，因为父亲的靴子都由他承做。他与兄长合伙在伦敦西区一条新式街道上开了一间店，有两间打通的铺面，不过那条街如今已经不存在了。

他的店非常简单素净，门面上只有他自己日耳曼姓氏的“格拉斯兄弟”的招牌，没有注明任何为王室服务的标记，再就是橱窗里陈列的几双靴子。

我还记得，那些靴子几乎没有更换过，对于它们的来历，我还颇费了一番心思去猜测：首先，他只承做订货，不出售现成的靴子，要说是样品很勉强；其次，如果是做得不合脚遭受退货的靴子，似乎根本不可能；那么，是不是他买来做摆设的呢？这好像也不可思议。将不是亲手做的皮靴陈列在自己的店铺里，他是绝不能容忍的。

为什么我对那些靴子存有疑惑呢？因为它们实在太美了！

比如那双跳舞靴，细长到无法用言语形容；那双带布口的漆皮靴，令人喜欢得无法挪开视线；还有那双褐色的长筒马靴，闪着神秘怪异的亮黑色光，虽然是崭新的，看起来却好像已经被穿过一百年。我的言语只能描述一二，只有亲眼见过靴子灵魂的人才能做出那样出众的靴子，它们体现了各种靴子的本质，是数一数二的典范品。

当然，我是在以后才有了那些见解。不过，大约在我十四岁，够格去定做成年人靴子的时候，就对他们两兄弟的品格有了些模糊的印象。从那时起一直到现在，我总觉得做靴子，尤其是他做靴子，简直是一种神奇绝妙的手艺。

我仍然清楚地记得，有一天，我伸出幼小的脚，怯生生地问他："格拉斯先生，做靴子是不是很难呢？"

那张带有红须根的脸上，露出一丝微笑，回答说："这不过是一门手艺。"

有趣的是，他长得有些像皮革制成的人，有点儿僵硬和迟钝，黄皱皱的脸庞，微红鬈曲的头发和胡须，双颊和嘴角间排列着一些整齐的皱纹，语调喉音很重，蓝灰色的眼睛透着朴实严肃的风度，好像在希冀着理想。他们兄弟俩很像，哥哥显得更虚弱、更苍白一些，起初我在订好靴子的时候，才能确定他们谁是谁。后来，我有了一个绝妙的辨别方法，如果没有说"我得问问我的兄弟"，就是他本人；如果说了这句话，就是他的哥哥。

如果一个人上了年纪开始荒唐起来导致赊账的时候，也绝不会赊格拉斯兄弟的账。如果有人拖欠两双以上靴子的款项，还满心确信自己是他的主顾，来到店里，将自己的脚伸到蓝色铁架眼镜底下，未免就太失人格了。人们不可能经常去他的鞋店，因为他做的靴子非常耐穿，似乎将靴子的本质缝了进去，一时半会儿是穿不坏的。

人们走进他的鞋店，没有像进一般店铺那样怀着"请把我要买的东西拿来，我这就走”的心情，而是像走进教堂那样，心平气和地坐在那张仅有的木椅上等候——他的店堂里从来没有人招待。过一会儿，他或哥哥会从二楼的楼梯口向下张望，黑洞洞的楼梯口透着令人陶醉的皮革气味。随后，顾客便可听到一阵喉音，还有趿木皮拖鞋发出的踢踏声。

他出现在顾客面前的时候，形象基本是固定的：上身没有穿外衣，背有一点儿驼，腰间系着皮围裙，袖子向后卷，眨着眼睛，好像刚从靴子梦中惊醒，又像一只在日光中受到惊动、感到不安的猫头鹰。

我打招呼说：“你好吗，格拉斯先生？你可以给我做一双俄国皮靴吗？”

他会一声不响地退回原来的地方，或到店堂的另一边去。我则继续坐在木椅上休息，轻闻着皮革的香味。他回来得很快，筋脉清晰的手里拿着一张黄褐色的皮革。

他盯着皮革对我说：“多好的一张皮子啊！”

等我赞美一番后，他问：“你什么时候要？”

我回答：“你什么时候方便，我就什么时候要。”

他又问：“半个月以后可以吗？”如果是他的哥哥，就会说：“我得问问我的兄弟。”

然后，我会说：“谢谢你，再见，格拉斯先生。”

他盯着手里的皮革说着“再见”我走到门口的时候，能听到趿木皮拖鞋发出的踢踏声，他又回到楼上去做靴子梦了。

不过，假如我定做的是新式样的靴子，他一定会按照步骤行事，叫我脱下靴子，拿着旧靴子，用批评而抚爱的眼光注视着，似乎在回想自己制造它时付出的热情，又像在责备我竟然穿坏了他的杰作。

然后，他把我的脚放在一张纸上，用铅笔在外沿描上两三次，接着用他敏锐的手指来回摩挲我的脚趾，以找出所要求的关键之处。

有一天，我有机会跟他聊了一件事。我对他说："格拉斯先生，你知道吗，上次那双在城里散步的靴子开始咯吱咯吱地响了。"

他看了我一眼，没有说话，似乎在期待我撤回，或重新考虑所说的话。过了一会儿，他说："那双靴子应该不会咯吱咯吱地响。"

"很抱歉，它真的响了。"

"你是不是把靴子弄湿了呢？"

"我想应该没有吧。"

他听了以后，皱皱眉，好像在脑海里搜寻那双靴子的回忆。这时我觉察到事情的严重，不免有些后悔和难过。

"把靴子送回来！我想看看！"

顿时，我心里涌起一种怜悯之情，我完全可以想象到他埋头察看那双靴子时的悲惨心情。

他缓慢地说："有些靴子做好的时候就是坏的。如果我不能把它修好，就不收你这双靴子的钱。"

有一次，也只有这一次，我穿着一双因为急需而在大公司买的靴子，漫不经心地走进他的店铺。他接受了我的订货，却没有拿皮革给我看。我意识到他正在仔细看我脚上的次等皮革，过了一会儿，说：“那不是我做的靴子。”

他的语调中没有气愤，没有难过，连鄙视的情绪都没有，但是却隐藏着可以将血液冻结的因素。为了讲究时髦，左脚上的靴子有一处很不舒服。他把手伸进去，用一个手指在那块儿压了一下，问：“这里有些疼吧？那些大公司太不讲究了，真是可耻！”

接着，他好像有点沉不住气，说了一连串嘲讽挖苦的话，议论自己职业上的情况和艰难，当然，这是唯一的一次。

“他们垄断了一切，利用广告而不是手艺垄断了一切。我们热爱靴子，他们却抢走了我们的生意。时至今日，我很快要失业了，生意一年比一年清淡，以后你会明白的。”

我看着那张满是皱纹的脸，看到以前从未注意到的东西——惨痛的奋斗！他的红胡须好像突然增添了许多花白的须毛。

我尽可能向他说明买这双倒霉靴子时的情况，他的面容和语调给我留下极为深刻的印象。接下去的几分钟里，我定做了许多双靴子。结果呢，这些靴子格外耐穿，差不多穿了两年，我也因此没有去他的鞋店。

等我再去那里的时候，惊奇地发现店铺的一个橱窗漆上了另一个人的名字，也是一个靴匠，当然是为王室服务的。原本橱窗里那几双常见的旧靴子失去了往日孤高的气派，挤到一个橱窗里去了。店里面也缩成一小间，店堂的楼梯口比以前更黑暗，更充满皮革气味。我也比往常等了更长的时间，才看到一张向下窥视的面孔，随后是熟悉的趿木皮拖鞋发出的踢踏声。

最后，他终于站在我的面前，透过那副生了锈的铁架眼镜，注视着我说：“你是不是——先生？”

“啊！格拉斯先生！”我有些窘，结结巴巴地说，“你知道，你做的靴子实在太耐穿了！看，这双还很不错呢！”我把脚伸过去。

他看了看我脚上的靴子，说：“是的，人们好像不要耐穿的靴子了。”

为了避开他带有责备的目光和语调，我赶紧转移话题，问：“你的店铺怎么了？”

他平静地回答说：“开销太大了。你要做靴子吗？”

虽然我只需要两双，结果却订了三双，然后很快离开了那里。我有一种难以描述的感觉，觉得他认为我心存坏意，并不一定是与他本人作对，而是跟他的靴子理想作对。

几个月后，我又去了鞋店，我记得当时在心里说：“呵，我撇不开这位老人，所以就去了，能怎么呢！也许看到的是哥哥呢！”

我知道他的哥哥很忠厚，私下里都不会责备我。当看到店堂中出现的人时，我顿时觉得非常心安，从楼上下来的人是他的哥哥。

“哈罗，格拉斯先生，你好吗？”

他走到我跟前，盯着我看，慢慢地说：“我过得很好，但我哥哥去世了。”

我大吃一惊，这才看出来，原来正是他本人。

可是，他那么苍老，那么消瘦！以前，我从未听他提过哥哥，这确实令我非常震惊，不知道该说什么，好一阵儿才喃喃地说：“真抱歉，我为你难过！”

“是啊。他是个好人，会做好靴子，可去世了。”他摸摸头顶。我猜想，接下来他可能要说明哥哥去世的原因。我发现，他的头发与可怜的哥哥一样稀薄了。

“失去另一间铺面以后，他心里总是想不开。你要做靴子吗？”他举起手里的皮革，“这是多么漂亮的一张皮革啊！”

我定做了几双靴子，过了很久才收到，它们比以前的还要结实，恐怕是穿不坏了。

没过多久，我去了趟国外，一年多以后才回到伦敦。

回来以后，我去的第一个店铺就是老朋友的鞋店。我离开的时候，他是个六十岁的人，而我眼前的他仿佛已经七十五岁了，瘦削衰弱，不住地颤抖。

这一次，他真的没有一下子认出我。

“格拉斯先生。”我心里突然有些烦闷，“你做的靴子太棒了！看，我在国外的时候，差不多一直穿着这双靴子，连一半都没有磨损，是不是？”

他仔细地看了看我脚上的俄国皮靴，过了好一阵儿，脸上才恢复镇静的神色。

他把手放在我的靴面上，问：“这里还合脚吗？我记得当时费了好大劲才做好这双靴子。”

我向他确切地表示，这双靴子非常合脚。

他问："你要做靴子吗？很快就能做好，我现在的生意很冷清。"

我赶紧说："那有劳你了！我急需靴子，每种靴子都要！"

"我可以做些时下的新式样。你的脚恐怕长大了吧。"他慢吞吞地照着我的脚型画了样子，又摸摸我的脚趾，只有一次抬起头看着我说，"我哥哥去世了，我告诉过你没有？"

他变得非常衰老，令人看了实在难过，离开他的时候，我甚至有种如释重负的感觉。

我并没有指望那几双靴子真的能做完，但有一天晚上竟然收到了。我打开包裹，将四双靴子排成一排，然后一双一双地试穿。跟以往一样，一点儿问题都没有，无论式样、尺寸、工艺，还是皮革质量，它们都是他给我做过的最好的靴子。

在那双用来散步穿的靴子里，我发现了账单，上面的价钱与过去的完全一样，不过却吓了我一跳，因为他从来没有在结账日之前寄来过账单。

我飞快地跑下楼，填好一张支票，立即亲自将它寄了出去。

一个星期后，我路过那条小街，想起自己应该去向他说一下，那些靴子多么合脚。然而，当我走近店铺的时候，竟然发现他的姓氏不见了，橱窗里倒是照旧陈列着细长的跳舞靴、带布口的漆皮靴、漆亮的长筒马靴。

我走了进去，心里非常不舒服。现在，两间门面又合二为一了，里面只有一个英国面貌的年轻人。

我问他："格拉斯先生在店里吗？"

他用诧异而讨好的眼光看了我一眼，说："不在，先生。但我们很愿意为您服务。这个店铺我们已经买下来了，想必您已经看到隔壁门上的名字，我们专门给上等人做靴子。"

"哦，是的，看到了。但是，格拉斯先生呢？"

"啊，去世了！"他回答说。

"什么？去世了？上个星期三我还收到他给我做的靴子呢！"

"确实是一件怪事。可怜的老头儿是饿死的。"

"噢，慈悲的上帝啊！"

"医生说是慢性饥饿！你知道，他想把店铺撑下去，但除了自己以外，不让任何人碰他的靴子。接一份订单后，他需要很长时间完成，而顾客却不愿意等，结果失去了所有的顾客。他总是坐在那里，只管做啊做啊，一刻都不想停下来。但我不得不承认，在伦敦，没有一个人能做出比格拉斯先生做得更好的靴子！可是，那也得顾及一下同业竞争呀！而且还从来不登广告！每双鞋他都要用最好的皮革，还必须亲自做。您看看，这就是他的下场。按照他的想法来，还能有什么指望呢？"

"可是，饿死——"

"哦，这样说确实有点儿夸张。但我知道，格拉斯先生从早到晚在那里做靴子，一直做到生命的最后时刻。我有时在旁边看到，他从来不让自己有好好吃一顿饭的时间，店里从来不存哪怕一个便士，经常断炊，所有的钱都用在房租和皮革上，他能活这么久我都感到很神奇。这是个怪人，却做出顶级的好靴子。”

“是啊，”我感慨地说，“他做出顶级的好靴子。”

演变

从剧院出来以后，我们等了半天也没搭上出租汽车。没办法，只能顶着濛濛细雨，先步行穿过列斯特广场，巴望能遇到一辆顺着皮卡迪利大街开回来的出租车。

路上倒是有不少双轮或四轮的马车，有的停在路边有气无力地招呼我们，有的根本没想搭理我们，而每辆出租汽车里面都有乘客。

我们实在等不下去，只好叫了一辆四轮马车，载着我们慢悠悠地走完一段漫长的路程。阵阵微风从敞开的车窗吹进来，风中有一种变化的气味，带着西南方的潮湿四处弥漫，甚至侵袭到各个城镇的中心，仿佛有一种无休止的力量不停地呼喊："变下去！变下去！……"

马蹄单调的嗒嗒声，车窗的吱吱声，车轮不紧不慢滚动颠簸的咯噔咯噔声，吵得我们昏昏欲睡，到家的时候，几乎要睡着了。

车费是两先令，付车费的时候，我们站在灯光下，好看清手里的是不是一枚半克朗的硬币，这才偶然抬起头，看到眼前的车夫。车夫看上去六十岁左右，脸又瘦又长，下巴和下垂的胡须贴在蓝色旧大衣竖起的领子上，似乎一直那样贴着。

不过，他脸上最显眼的部位是腮帮子那儿的两道沟，深而空，显得那张脸就像由一些没有肉的骨头拼成的，中间深陷出一双毫无神采的眼睛。

车夫沉默地坐在那里，一动不动地盯着他那匹马的尾巴。于是，我们中间的一个人，几乎无意识的，在半克朗之外添上他剩下的钱。

车夫接过钱，什么也没说，但当我们正走进花园大门时，他突然说："谢谢您啦，您可救了我一命。"

我们都不知道应该怎样回应这句突如其来的怪话，便关上大门，走回马车前，问他说："情况糟到这种地步了吗？"

车夫回答说："是啊，这工作——要干到头啦！现在渐渐没有人需要我们了。"他扬起马鞭要赶车走。

"这么糟的情况持续多久了？"

车夫垂下马鞭，好像很愿意让它歇歇似的，答非所问地说："我赶了三十年的马车。"说完，他又盯着马尾巴发起呆。

看来，只有问一些关于他的问题，才能将其从沉思中唤醒，车夫本人似乎并没有意识到自己的这个习惯。

"我倒是不怪出租汽车，我谁都不怪，只是让我们赶上了，就这样稀里糊涂地赶上了。早晨我从家里出来的时候，什么都没给老婆留。她昨天还问我，这四个月你赚回来多少钱？我回答说大约一个星期六先令那样吧。她说不对，是七先令。听听，她就是这样记的账。"

"你们真的快失业了吗？"

车夫笑了，两个深坑之间的笑容看上去实在太奇特了，恐怕很难在一张人脸上看到。

“可以这么说，唉，一天才能赚多少钱啊？就说今天吧，在拉上你们之前，我只赚了十八便士，昨天赚了五先令，而我一天至少得赚出七先令的租车费，那还算便宜的呢。很多车主都破产关了门，没比我们强多少。他们这会儿撇下我们实在是太容易了，总不能让铁石心肠发慈悲吧，能吗？”说到这里，他又笑了。“其实，我也挺可怜他们，也可怜那些马，虽然我相信，马的下场在我们三方中肯定是最好的。”

“人们都愿意坐出租汽车，因为速度快，一寸光阴一寸金嘛。我等了七个小时才拉上你们，当时你们也正在找出租汽车。不过，有些老太太害怕那些机动车，但她们付钱一向不痛快，根本痛快不了，她们大多数都那样。”

“我们为你感到难过。人本来会想到一些……”

车夫低声打断我们：“难过也不能顶饭吃——以前没有人向我打听过生活。”说着，他慢慢地摇了摇头，接着说，“人家又能怎么样呢？总不能指望别人养活自己吧。何况问起问题的时候，他们自己也觉得很别扭。唉，我们有那么多人，双座马车的情况也一样糟，吃这碗饭的人越来越少了，这是显而易见的事。”

我们不知道应不应该对这种消亡现象表示一下同情，于是凑到马跟前。从膝盖看来，这是一匹“凑合”了很久的马，在黑暗中仿佛有数不清的肋骨。

我们中的一个人突然说：“单凭这些马的模样，大多数人也是愿意只在街上看到出租汽车的。”

车夫点点头，说：“这匹老家伙，从来没有长过多少肉，如今连吃食都打不起精神。虽说吃的质量不怎么好，但也够它吃的。”

车夫又扬起马鞭，说：“恐怕眼下没有谁能给我找个活儿干了！我赶车的年头实在太长了，如果没有别的路可走，只能进济贫院了！”

听着我们抱怨世道有些太残酷，车夫第三次笑了。

他缓缓地说：“是啊，生活对我们狠了一点，我们又没招惹谁。可是，世间的事情就是这样，一件新东西来了，就把另一件东西挤走了，一直这样挤下去。人总得想想事情的道理，我整天坐在马车上想来想去，也没想清什么道理。用不了多久，我们的马车就快走到尽头了，我也不知道自己会不会因为赶不了车而难过，唉，这实在太令人沮丧了！”

“听说筹措过一笔钱。”

“是的，供我们其中的一些人学习开汽车。可是，我都这把年纪了，六十岁，还能学什么？像我这样的人有好几百呢！我们学不进去什么，也没有精力去学，真正救济我们，恐怕得需要一笔巨款。人们想要的是出租汽车，我们混生活的日子过去了。不过我可没有抱怨，是你们问起我的。”车夫又扬起马鞭。

“你告诉我，如果给你的车费只多六便士，你会拿它做什么？”

车夫眼睛朝下凝视着，好像被问住了，一时难以回答。

“做什么？什么也做不成。能做什么呢？”

“可是，刚才你说它救了你的命呀。”

“是的，我是那么说的。当时我觉得有点怄气，有时人避免不了会这样，没法躲开，要想得开。”

接着，车夫说了一声：“谢谢你们啦。”然后用鞭子抽了抽马的肋部。那匹马像突然被惊醒似的迈起步，将马车缓缓从我们面前拖走，沿路远去。

在我们的头顶，云朵像船一样，乘着带有变化气味的风，疾速地驶过黑河般的天空。马车已经消失在视线中，这股风却把车轮缓慢行驶的声音送到了我们耳边。

伊凡·亚历克塞维奇·蒲宁

（1870～1953）

俄罗斯作家，1933年获诺贝尔文学奖

获奖理由：表彰“他严谨的艺术才能，使俄罗斯古典传统通过散文得到继承”。

久别重逢

秋雨连绵，城外的大路上积满了雨水，路面压出一道道凌乱的车辙。

三匹瘦马拉着一辆四轮马车驶向一座木房，马车半敞着车篷，车身溅满了泥水。

那座木房一半是官府的邮局，一半是供过往行人歇脚、用餐、住宿的私人旅店。

赶车人是一位黑脸黑胡子、身体强壮结实的农民，很像古时候行侠仗义的汉子。车上坐着一位老军人，头戴军帽，身穿海龙皮军大衣，两道粗黑的眉毛和一把花白的髭须特别引人注目。不过，他严峻的脸上流露着疲惫之色。

马车停下了，老军人踏出一只铮亮的军靴，戴着鹿皮手套的手一把撩起军大衣的下摆，威严地迈步下车。

跨过门槛的时候，他微微地弓了一下腰，而后穿过门廊，拐进左边的堂屋。

屋子里暖洋洋的，一丝潮气都没有。左面墙角上挂着金光闪闪的圣像，圣像下面放着一张桌子，桌上铺着洁白整齐的桌布，几条长凳擦得干干净净。右墙角有个炉子在煮饭，飘出阵阵香气，炉边还有一张躺椅。

老军人脱下大衣，将它放到长凳上，可以看出来他的身材很匀称，而且不失矫健。

他摘下手套和军帽，用瘦削的手理了理头发。

连一个出来打招呼的人都没有，老军人有些不高兴，带着不满喊道："喂，有人吗？"

应声走出来一个女人，一头黑发，身形窈窕，四十多岁，风韵不减。

"欢迎，欢迎，大人，请问您是用餐还是喝茶？"

客人朝女人瞥了一眼，不以为然地回答："喝茶。您是店主还是招待？"

"我是店主，大人。"

"看来这是您一个人开的店了？"

"是的，大人，只有我一个人。"

"是守寡吗？不然怎么会自己干这个呢？"

"不是守寡，大人，不做点儿事怎么糊口呢。"

"是这样啊，你这个地方很干净呢。"

这时，女人眯起眼睛，一边打量着客人，一边回答："我一向收拾惯了，以前我是做佣人的，阿列克谢耶维奇！"

听到女人说出自己的名字时，老军人一脸震惊，片刻才说："是你？奈吉达！"

“是我，阿列克谢耶维奇。”女人泰然自若。

“天哪！”老军人一下子瘫倒在长凳上，直直地盯着店主，“我们……我们有多少年没见了？”

“三十年，阿列克谢耶维奇。我今年四十八岁，您快六十岁了吧？”

“是的……天哪，真是做梦都没想到能遇见你，真是奇怪！”

“有什么好奇怪的？先生！”

“以前……难道你不明白吗？”

老军人倦怠的神情突然烟消云散，他一下子站起来，低着头走来走去，满脸涨得通红。

过了一会儿，他停下脚步，问道：“自那以后，我就与你断了联系，你怎么到这里来了？为什么没有留在老爷家？”

“您走了以后，老爷解除了我的奴隶身份，随我去留。”

“那你都到什么地方去了？”

“说来话长，先生。”

“听你的意思，你没有结婚嫁人？”

“是的，我没有嫁人。”

“为什么？你那么漂亮，为什么没有嫁人？”

“我不想嫁人。”

“为什么？”

“这还用解释吗？我想您还不至于把我爱着您的事实忘得干干净净吧！”

老军人再次红了脸，又开始在屋里走来走去，眼里满是泪水。

过了一会儿，他低声说："一切都会过去的，我的朋友。爱情，青春，什么都不会例外！往事如风，终将消逝……"

"别忘了，上帝赋予每个人的性格是不一样的。阿列克谢耶维奇，青春能消逝，爱情却不会磨灭。"

老军人苦笑一下，说："你总不可能永远爱着我吧？"

"您想错了，恰恰是这样。过去这么多年，我对您的爱始终没有动摇。当然，我非常清楚，您早就已经变了，我对于您来说，不过是一段随风而逝的往事。事到如今，即便我责备您，也没有什么意义了。想当初，您无情无义地抛弃了我，心可真够狠的！这些年，我蒙受着莫大的羞辱，几次想了断自己……曾几何时，我叫着您的小名，您给我朗诵诗歌……"

"那时的你真漂亮，真迷人！"老军人似乎陷入了回忆，"身材苗条，明眸照人，谁见了都会为之心动！"

"那时的您也是仪表堂堂，我的美貌和爱情都献给了您。"

"哎，都会逝去，都会淡忘的……"

"都会逝去，却不是一切都能淡忘。"

"请离开吧，"老军人掏出手帕，擦了擦眼睛，"看来您原谅我了，但愿上帝能饶恕我。"

女人已经走到门口，听到这句话停住了脚步，扭过头来说："不！阿列克谢耶维奇，我没有原谅您。我可以直言不讳地告诉您，我永远不会原谅您，虽然讲这些话很多余，没有什么必要。”

“是的，没有必要了，请你让车夫去备好马车。”老军人面色沉重，似乎下了很大的决心，接着说，“我不妨告诉你实情，可能会挫伤你的自尊心，但我还是要坦白地告诉你：我这一生从未有过幸福。曾经深爱的妻子后来背叛了我，给我带来巨大的羞辱，比我给你造成的痛苦还要大！曾经寄予厚望的儿子，长大后却成了不知廉耻的花花公子，真是令我痛不欲生……当然，现在这一切都成了往事。失去了你，也许我失去了一生中最宝贵的东西。”

女人走回到老军人身边，吻了一下他的手，他也吻了一下女人的手。

“叫人备车去吧……”老军人百感交集。

上路以后，他闷闷不乐地想：“当年她可真是一个绝世美人啊。”

再次回想起这次见面的情景，老军人的脑海中浮现女人吻他的手的画面，突然感到羞愧难当，“她把一切都奉献给了我，我却……”

夕阳西沉，车夫小心地驾着马车，似乎在想什么心事。

后来，他终于打起精神，郑重其事地问：“大人，那个女人站在窗口，一直目送着咱们离开，你们以前一定认识吧？”

“是的，很早以前就认识。”

“听说她很能干，不但发了财，还放债呢！”

“这有什么可奇怪的！”

“这还不算大事吗？谁不想过有钱的好日子啊。听别人说，她放债的利息非常公道，但只放给守信用的人，遇到想赖债的人，她也无计可施，只能自认倒霉！”

“是啊，只能怨自己倒霉吧……加快点儿速度，不然我们就赶不上车了……”

黄昏的余晖中，旷野被染得一片通红，三匹瘦马踏着泥水，发出有节奏的嗒嗒声。

老军人紧锁眉头，陷入了沉思：“是啊，往事不堪回首，只能怨自己倒霉吧！如果当初我没有抛弃她，日后又是什么样子呢？无法想象。不过，可以肯定的是，她至少不会当饭店的老板娘，而我的妻子，我儿子的母亲，我的彼得堡家中的主妇，也不会是现在这种境况。”

想到这里，他摇了摇头，闭上了眼睛。

狼

温热的八月之夜，一辆小车沿着尘土厚积的田野大道，缓慢地行驶着。

车上只有两位年轻的乘客：一位是农场主小姐，一位是中学生兼马车夫。

阴暗的远处闪过一道火光，时而照亮拉着小车的两匹马——鬃毛凌乱的马，套着简便的马具，时而照亮年轻马车夫的双肩和头上的便帽，他穿着麻布衬衫，稳稳地坐在驾车位上。

昨天晚上，村里突然响起一阵喧闹声、叫嚷声、犬吠声。当时，乡间小木屋那一片的居民都已经吃过晚餐，谁都没想到会跑来一只狼——它咆哮着冲进一家农户的院子里，咬死一只羊，而且差一点把羊叼走。在狗群胆怯的吠声中，农户们抄起棍子跑出来，夺回了那只被拦腰撕裂的羊。

马车上的姑娘神经质地哈哈大笑着，擦亮一根根火柴，抛向黝黑的夜空，兴奋地喊叫："我怕狼！"

火柴的光亮照着年轻人瘦削而粗犷的脸庞。姑娘长着一张小圆脸，系着一条红头巾，红色印花连衣裙的领口露出圆挺的脖子。

马车在奔跑中摇晃着，姑娘仍然不停地擦亮火柴抛向黑暗的夜空，似乎没有感觉到年轻人搂抱自己，一会儿吻她的脖子，一会儿吻她的脸颊，还试探着要吻她的嘴唇。

终于，姑娘推开了年轻人的手肘，年轻人故意带着傻气大声喊道："给我火柴！我要抽烟！"

"给你！给你！"姑娘嚷嚷着，再一次擦亮火柴。

此时，远处亮起一道闪光，反衬得夜色更加漆黑。

黑暗中，他们只能感觉到马车不停地向前行驶。终于，年轻人久久地吻上了姑娘的唇。

马车忽然撞到什么，颠晃了一下，年轻人赶紧勒住马。

"狼！"他猛然大喊。

右前方的远处亮起刺眼的火光，那里发生了一场火灾！马车停在火光照亮的一片林子前，向天空乱窜的火焰让眼前的一切似乎都在颤动，炽烈燃烧的火焰投在地面上的影子，距离马车不过一俄里左右。火势疯狂蔓延，灼热渐渐逼近，两个人甚至能看见行将烧毁的屋顶。然而，更骇人的是那站在树林阴影下，被火光映红的灰色野兽——三只大狼！

狼的眼中闪烁着亮幽幽的绿光，一会儿又射出火红的光芒，仿佛用红醋栗榨出来的热果汁，红得鲜明、透亮。

惊恐的马连连打着响鼻，疯了一般冲向左侧的耕地。

手持缰绳的年轻人朝后仰倒，马车发出一阵碰撞声、碎裂声，颠簸着冲向耕地……

马再次腾空而起，就在这一瞬间，姑娘一跃而起，从已经吓傻的年轻人手中夺过缰绳，飞身跳上了驾车位。

她不知道碰到了车上的哪一处铁器，嘴角边留下了一道永久的伤痕。后来，当人们问及这道伤痕时，姑娘总是得意地微微一笑。

“事情发生在很久以前的一个夜晚……”她一边说，一边回忆起那年夏天，八月的干燥，漆黑的夜晚，人们在打谷场上打谷，新堆的谷草垛发出沁人心脾的味道，一个中学生与她一起躺在谷草垛上，仰望着一颗流星转瞬即逝……

“狼真的很吓人，马被惊得狂奔，我赶紧扑上去，拼命勒住马——”

人们说：“姑娘总是嫣然一笑，没有什么东西能比那道伤痕更可爱了。”

弗兰斯·埃米尔·西伦佩

（1888～1964）

芬兰作家，1939年获诺贝尔文学奖

获奖理由："由于他对芬兰农民的深刻了解以及他在描写农民、农民生活和大自然的关系时的精湛技巧。"

文学的盛宴
语言的狂欢

暮年

七月末的一个清晨，旭日缓缓升起，看上去空旷深远，令人感觉夏天已经结束，秋天即将到来。刈草季接近尾声，马上就要收割黄澄澄的麦子了。

每当日出之际，总有人向窗外凝视，仰望神圣的黎明。日出的那一瞬间，曾经的如烟往事与坎坷际遇都在眼前呈现，仿佛在衬托当下的快乐与艰辛。

日出之际具有无与伦比的强大力量，将成千上万颗不同的心灵，从现实般的梦境拉进梦境一般的现实。夜去昼来——这亘古不变的周而复始一次次呈现在世间，支配着万物的生死。

几缕光线透过干净的窗户，进入一间矮茅舍。屋里的时钟已经指向四点，两张床上却仍然鼾声如雷。门口右边的一张床上，男主人正蜷缩在被窝里，岁月在那张倔强刚毅的脸上，留下一道道深深的抬头纹。床后的墙上有一扇六格窗扉，窗台上有一个花瓶、一副眼镜、一本赞美诗，它们每天都在那里沐浴着和煦的阳光，几十年如一日。

老太婆的床在屋内一个昏暗的旮旯里，这对老夫妻是辛劳一辈子的佃农，一直住在这间矮茅舍里。屋里充斥着一股老人气味，墙壁、窗户、家具等，都有了细长的裂缝，但无论裂缝还是原有的节疤，样子都很奇特，再加上令人赞叹的摆设，以及充满沧桑的主人，足以成为绘画或文学作品中的绝妙素材。

在某个夏末的清晨，白昼来临之际，如果能坐在老夫妻室内的石凳上，仔细端详呼呼熟睡的老人家，该是一桩多么令人感动的事！他们一起走过漫长的人生道路，尝遍人世苦难，渐渐被人遗忘，如今已经变得听天由命，在这间简陋的矮茅舍里，可以发现生活是多么丰富而伟大！

老太婆起床了，老头还没有动静，但她并没想过去看看老伴是否醒了。

老太婆每天清晨做着几乎相同的事情，四十年如一日：起床后，先将咖啡壶灌好水，放在炉子上，然后生火，接着顺手拿出咖啡豆和研磨器，开始磨咖啡，然后默默地照看着炉火，听着噼啪的火苗声，静候黎明的降临，直到煮好咖啡。

从老太婆几十年如一日地煮着咖啡，就能看到老两口过去和现在的生活。以前他们也有过满怀希望的奋斗时光。那时，做妈妈的起床以后做的第一件事，是把儿子在梦中乱蹬乱踹露到被子外面的小手、小脚重新盖好。煮好咖啡以后，她便同丈夫叽叽喳喳地说个不停，讲自己做的梦，讲得煞有其事，活灵活现。丈夫则侧着身子靠在床上，双眼望着窗外，默默计划着新一天要做的工作。喝完咖啡后，夫妻俩一起走出家门，床头放着面包和牛奶，他们的独生子醒了以后会自己拿着吃。

这样的生活已经消失了十五年，清晨醒来的时候，父亲和母亲再也看不到自己的儿子。近些年，家境渐渐萧条，生活越来越沉闷，清晨那种既忙碌又快乐的时光一去不复返，代替它的是沉闷而压抑的气息。伟大的造物主在恩赐给人间光明与温暖的一瞬间，还让睡眼惺忪的人想到死亡。

死神已经在等待了。老太婆眼神蒙眬地轻声嘟囔了一句，似乎她的大脑控制不了眼睛，连漂亮的覆盆子都没去看一眼。她沉浸在自己的回忆中，往日的生活一幕幕浮现在眼前。跟以前真是没法比呢，现在要什么缺什么，眼看着劈柴到秋天就会烧光，而路上还不能走雪橇，老头对此束手无策，若是在以前，根本不会发生这种事。

至于孩子，早放到脑后了，但总是恍恍惚惚地觉得他还在人世。三年前，家里来过一个身体强壮、很有派头的陌生军官。母亲一看，竟然是杳无音信的儿子！

孩子回到身边以后，母亲思念儿子的甜蜜心情反而消失不见了。当儿子再次离开家的时候，母亲心底生出一种求之不得的欣慰之情。然而此后却再也没有孩子的任何消息，夫妻俩渐渐变得萎靡不振。第二年春天，从未谋面的儿媳妇寄来一封信，说儿子在军队当上分队长，不幸为祖国捐躯（指1918年的芬兰国内战争）。

从那以后，母亲煮咖啡的时候总禁不住泪流满面，眼含着泪水偷偷端详熟睡的丈夫，看着他的秃头，就好像能从那里找到一种支持——因为最大的痛苦莫过于儿子死得不明不白，甚至后悔当初没有留住他。

老太婆和老头活了一大把年纪，都是老老实实的庄稼人，一辈子没需要过所谓的“祖国”，也从没说过“祖国”这个词语。他们不明白那究竟是什么，也弄不懂到底是什么意思。赤卫队以前倒是经常说“国家”，不知道“祖国”与“国家”是不是相同的意思？难道为了这个莫名其妙的祖国，儿子就得送掉性命吗？

老太婆对别的东西弄不懂，但很清楚眼前的处境，再也没有以前那样堆得整整齐齐的柴火了，盐也快吃光了，过去那种蹩脚的咖啡也买不到了，记得去年圣诞节还有卖的……死神已经等了很久，还算很有耐心。老太婆突然泪眼婆娑：“等我们入土的时候，谁来送葬呢？谁能借马匹来帮忙呢？入殓的时候穿什么衣服呢？”

这时，咖啡已经煮好，拿到桌上等着喝了。同以往每天的清晨一样，老太婆走到摇椅右边，紧靠着老伴床头的窗口，戴上老花镜，拿起那本赞美诗，翻到夹着儿子不知道哪年寄来的贺年卡的那一页，开始做祷告。

她知道老头已经醒了，在聆听祷告，也知道他忧郁的心绪正在涌动，觉察到自己内心的起伏。做完这种世间少有的祷告以后，老两口开始喝咖啡，然后重复每天的劳碌。

老两口的生活虽然很清贫，但还没有到山穷水尽的地步，那些阔绰公民很难理解他们的生活。老太婆和老头从未向政府申请过救济，他们有足够糊口的土豆，有一只羊，有一段时间还有两只羊呢。

他们不像有些人那样囤积粮食，然后拿出去投机倒卖，对于老两口来说，那实在是一件不可思议的事。喂羊的饲料是好心的庄园主送的，为了让这件事做得一点儿也不像施舍，他们多少要做点工作来抵偿。

牧草比较容易解决，老头可以到田野、小土丘、灌木丛中去割。不过，那得花费一两个月的时间，而且每天都得起早贪黑，费神费力，因为用镰刀割完草以后，还得翻晒几次，才能用绳子捆好背回家。

今天的草割得比较顺利，看着眼前码起的一垛垛草，老头对自己的劳动成果感到一阵带着凄凉的喜悦。他站在那里，环顾一下周围的谷草棚、马铃薯地、劈柴堆，它们展现的是一幅冬天即将到来的景象。

战争虽然结束了，老头仍然感到处处不顺心。今年夏天，他总觉得有个看不见的冤家，若即若离地尾随着自己一瘸一拐的脚步。坐下来休息的时候，对方像一只不吉祥的大乌鸦，停在他的肩膀上，令老头的心无比沉重。有一次，老头在地里割草，一不小心摔了个大跟头，扭伤了腰。那个冤家似乎早就守在一旁，斜着冷眼看他流出心酸绝望的泪水，浸满那张被岁月摧残的饱经沧桑的脸。事后，他竭力想搪塞过去，只跟老太婆说脚有点疼。哪曾想，那个冤家神不知鬼不觉地又出现在他的眼神里，老伴立即意识到发生了什么事。

虽然夏季很长，时间过得很慢，但对于今年冬天该怎么办，老头心里一点儿底都没有。他铆着劲让自己憧憬明年的夏天，可脑海中却萦绕着一个无法回避的阴影：能不能熬过去就要到来的冬天。

无论怎样自我安慰，或看着山羊毫无异样地在圈里咩咩地叫得正欢，老头隐隐预感到那些草恐怕都白割了，而且越想越烦躁。

今天清晨老太婆做祷告的时候，老头确实已经醒了，看出老伴正在思念去世的儿子。余下的岁月怎么过？这个问题从大清早就开始折磨人，令他思绪乱飞：“要是我撒手归天，只剩下老太婆孤零零的一个人，可能就不用坐在那里煮咖啡了……今年秋天要吃的鲱鱼还没有买，去哪里弄点钱买呢？羊奶里恐怕只好放盐了……看来今天是一个晴天……我必须得去割点草，到中午能割完那片草地……再把草垛收拾一下就可以了。”

以前的日子可不是这样的。老头努力回忆着过去，突然充满雄心壮志。他深吸一口气，装成依然沉睡的样子，重温当年那些幸福的往事。老太婆将咖啡壶放到桌上的时候，他咂了咂嘴巴，蜷曲着双腿，换了一个更舒服的姿势。

可是，老头的遐想不过只有片刻工夫。当老太婆拿起那本赞美诗时，他的心就像被突然蜇了一下。上帝的福音太疏远了，死神已经等候许久，虽然还有点时间祈求上帝的庇佑，但也极其有限，那个时隐时现的冤家处处在与他作对。

以前，夏天的晨祷是老头一天中最圣洁美好的时刻，老太婆的祈祷声与晨光一起照亮在梦中涤净的心灵，那些给予希望和收成的工作正在外面等着自己。忽然，他想到今年夏季的圣诞瞻礼，顿时感到一阵惶恐。

那天，夫妻俩平生第一次没有到他们洗礼的教堂做礼拜。原本庄园主已经答应将马借给他们，可到了礼拜天，老头一瘸一拐去套马的时候，才知道所有的马都被赶到遥远的牧场，据说是女主人的授意，庄园主并不知情。如果步行到那里牵回来一匹马，老头的身体明显吃不消，可身边又没有可以差遣的人，只好空手回到家，脱下去教堂的礼服。老太婆一见去教堂无望，忍不住哭起来，他也不由自主地掏出雪白的手帕，唏嘘地擦着眼泪。徒步去教堂根本不可能，进入教堂的高台阶令他们望而却步。

美好的心情就这样被糟蹋了。明天又是礼拜天，一个圣餐日，这次无论如何都得想办法借到一匹马。早上老太婆喃喃地诵读赞美诗时，老头想到这些事，心绪随着祷告声起伏不定，以往遇到的棘手事情接连浮现在脑海中，搅得他心绪不宁，格外烦恼。

今天一早就很热。庄园的牧草地一望无垠，青草散发出独有的清香，看上去，今年夏季牧草的收成会翻一番吧。

那些短工纷纷离开自己的茅屋，到各自主人的庄园里收割谷草，无暇顾及撇在家里的妻儿老小。老头也走在田埂上，一手拿着镰刀，一手拄着拐杖，颤悠悠地迈着踉跄的脚步。太阳越来越热，烤着他苍老的脖颈，像在故意撩拨他：看，你的牧草地多肥美啊，你那小土丘上的牧草多茂盛啊！

正午时，老头回家吃饭。因为明天是礼拜天，得把割草的事告一段落，免得干一半停下来，徒增烦恼，所以干了许多活。他已经割了一大片牧草，有以前割的，有今天割的，但仍然心急如焚地忙着，直到累得汗流浃背，气喘吁吁。

老太婆从来没有像现在这样体贴他，温柔地询问活儿干得怎么样。老头满面愁容、垂头丧气，什么也没回答，踉跄地走到水桶旁，一口气咕嘟咕嘟地喝了很多水，明显比身体需要的多。然后，他才含含糊糊地回答一句，也听不清到底说些什么。老太婆端来一盘面包，煮熟的土豆和放盐的羊奶早就在桌子上摆好了。

老头默默地吃着，手指头不由自主地在裤腿上擦来擦去——这是他用餐时的习惯动作。如果在以前，倒真有一些油腻可以擦擦，肉块，或至少一条鲱鱼……

老头在屋里吃着饭，屋外七月的似火骄阳正热烈地烤着绿油油的土豆地，还有收割得干干净净的牧草地。这是今年夏季最闷热的一天，一点儿要起风的征兆都没有，各种昆虫都热得直哼哼，此起彼伏，演奏着一首音调低沉的夏日送别曲。

东北边的天际升起一块块小乌云，老头确定今天不会下雨，但有些担心明天会下，那样去教堂该挨浇了。明天是一定要去的，不然的话，岂不是一连三个星期没领到圣餐？以后播种时更没有办法借到马了。

老头从桌旁踱到床前，一个饱嗝没打出来，噎在喉咙里，努力了一阵儿，始终没打出来。

他想躺下小睡一会儿，即便是周末，也只能稍微打个盹儿。老太婆出去喂羊，屋里只剩下苍蝇的嗡嗡声和挂钟的嘀嗒声，这些熟悉的声音没有打破沉寂，老头不知不觉地睡着了。

然而，挂钟的长针还没有走上五分钟，老头许是做了噩梦，骤然惊醒。为什么屋里没有一点儿动静？什么响声都没有。老太婆没在捶打什么吗？自己睡了很长时间吗，还是根本没睡着？

唉，天公不作美，看来真的要下雨了。老头一阵伤心，觉得眼眶热乎乎的，流下失望的泪水。

他感到疲惫极了，甚至明天都没有力气去教堂，但牧草必须得收回来，哪怕死神降临，也得先收回牧草。

老头站起身，出门时在台阶上与老太婆撞了个满怀。老太婆怔怔地看着老伴，担忧地问用不用跟着一起去。老头心很乱，一句话都没说，想动作快点，偏偏一瘸一拐，不由得更加生气，顺手抄起背牧草用的桦木棍走了。老太婆在家里耽搁一会儿，也跟着去了。

庄园里的人都一路小跑地忙起来。老头心情欠佳，忽然担心起来，他们会不会顺手牵羊将自己的牧草也搬走了？转而他又安慰自己，不可能，不会的……他尽可能最快地到达目的地，将散在地上的牧草耙拢到一起。

这时，老头感到身体越来越沉，似乎要支撑不住了，不过，出乎意料的是，自己很快就归拢好一捆牧草。

老头抬起头，望向来路，看看老太婆来了没有，好帮忙将牧草扛到肩上。可是，他连个影都没看到，也许才出家门？

老头很生气，想一个人扛上肩，但草捆实在太大，试了几次都没成功。

这时，头顶响起隆隆的雷声，他心下一急，又试了一次，结果一骨碌摔倒在地上，脑海中萦绕着千头万绪的杂念，什么明天要去教堂啊，牧草的长势啊，恐怕挨不过今年冬季啊，离世的儿子没有尽到孝道啊，等等，等等。

老太婆终于赶来了，见到眼前的情景，惊得一句话都说不出来。暮年的苦痛已经降临到老两口头上。家离草场有很长一段路，头顶翻滚的乌云铁青着脸、居高临下地俯视着他们。

所幸的是，死神并没有降临。老头挣扎着，颤悠悠地爬起来，随后在老伴的帮助下，尽管憋得满脸通红，总算将牧草扛上肩。老太婆习惯性地顺手将掉下来的一缕缕牧草捡起来。

然而，老头刚迈出不到五步，人和牧草几乎同时摔倒在地。

老太婆急得号啕大哭，已经预感到事情不妙。

老头向老太婆看了最后一眼，眼神异常热烈——这是已经很久很久没有见到的、格外充满深情的一眼。

整整一天，一滴雨都没有下，直到夜里才下起瓢泼大雨。这个夏天风调雨顺，预示着一个丰收的好年景。

约翰内斯·威廉·扬森

（1873～1950）

丹麦小说家、诗人，1944年获诺贝尔文学奖

获奖理由："由于他凭借丰富、有力和诗意的想象，把广博的求知心和大胆新奇的独创风格结合起来。"

文学的盛宴
语言的狂欢

安妮和母牛

瓦尔森的定期集市上也有牛市，有个老妇人牵着一头母牛站在那里。不过，她和母牛之间总是保持着一定的距离，不知道是客气，还是想引起人们的注意。

为了遮挡阳光，老妇人把头巾拉得很低，遮住了额头，默默地编织着袜子，看样子就快完成了，下面卷了起来。

老妇人的衣服款式虽然很老旧，但洗得很干净，手染的蓝色裙子还留有染锅的味道，腰间系着褐色丝线编织的三角肚兜，在小腹凹入的部分打了一个结，褪色的头巾上有很深的褶痕，看来很久没拿出来用，木鞋底磨损了，不过皮面抹了鞋油。她那双干枯的手飞快地织动四根棒针，灰白的头发上还插着一支备用针。

老妇人默默地站在阳光下，一边织着袜子，一边倾听集市上的音乐，时而看一眼从自己面前经过的人群，或扫几眼那些正在被交易的牛。

周围非常喧嚣，有马市传来的马叫声，码头上来去船只的嘈杂声，小贩们吆喝敲鼓的声音……老妇人只是默默地站在阳光下，织着她的袜子。

母牛凑过来，鼻子挨上她的手肘，牛腹部松松垮垮地垂着，正在反刍。

这头牛虽然已经很老了，但毛色仍然光鲜，想必被主人照顾得很好，算得上是一头上等的母牛。除了臀部到背脊瘦得露骨这个缺点，它甚至可以被称为“漂亮的母牛”，黑白两色的牛角上恰到好处地点缀着几条环状花纹。

母牛的眼睛湿濡濡的，反刍的时候总是摇摆着下颚，将满嘴的食物再吞下去，然后缓慢地左右摆动着脖子，似乎在打量四周。只要有食物从胃部反刍到嘴里，母牛就露出一副很满足的神情。它的大鼻孔流出黏液，呼吸时的声音像风琴背后的低音，足以证明这是一条健康有力的母牛，像其他母牛那样经历过各种生活。

那些年，母牛产下小牛以后，既不舔拭牛崽，也不怎么看护，只是照常吃着饲草，流出牛奶。现在，它站在牛市，与在其他地方一样，一边熟练地反刍食物，一边用尾巴赶着苍蝇。拴牛的细绳很小心地系在牛角上，松松软软地垂下来，保证它不会在田里乱跑，或跑到别的地方去。

牛的笼头也经历过很长的岁月了，已经磨损成圆形，鼻栓也没有了，好在母牛非常温驯，那些也不是非有不可。

拴牛的绳子倒是换了条新的，平常在家里用的那条非常陈旧，还有好几节是联结起来的。安妮婆婆注意到这点，为了把母牛打扮得漂亮些，特意将那条有损“外貌”的旧绳换了下来。

这头母牛非常适合屠宰，很快就有人上前仔细端详起来，用指尖极其认真地压压牛背的皮肤。母牛并没有在意，只后退了一点。

“老婆婆，这头牛卖多少钱?”按牛背的人将锐利的目光转向安妮婆婆，问道。

安妮织着袜子，回答说:“这头牛不卖。”仿佛结束一场慎重的谈话，她用一只手擦擦鼻子下面，非常不喜欢被人打扰。

那个人虽然走开了，但一步一回头，很舍不得放弃这头母牛，接着，又过来一个身材挺拔，胡子刮得很干净的屠夫，先用藤杖敲了敲牛角，又用大肥手沿着牛背筋摸下去。

“这头牛多少钱?”

安妮婆婆斜眼看着母牛。母牛调皮地眨着眼睛，看了看眼前的藤杖，接着转过头，好像在远方看到了什么有趣的东西。

“这头牛不卖。”

屠夫沾着血迹的风衣下摆被风吹得起起伏伏，听到回答转身走了。没隔多久，又过来一个买主，安妮婆婆摇摇头，说:“这头牛不卖!”

拒绝了几个买主之后，牛市上的人都知道安妮婆婆了。那些询问过的人有一个又折了回来，向安妮婆婆提出非常优厚的条件，使这位老妇人有些窘迫不安，但还是坚持不卖。

那个人疑惑地问:“难道你已经卖给别人了?”

“当然不是。”

“那是怎么回事? 老婆婆，既然你不卖牛，为什么带着牛站在这里?”

安妮婆婆低着头不说话，手不停地织着袜子。

这个人觉得自己遭到耍弄，气愤地嚷嚷说："喂！你为什么带着母牛站在这里？这真是你的牛吗？"

当然！还用问吗？这头牛是老妇人从小精心饲养的，百分百属于她。安妮婆婆想多说点解释的话，好让对方平息愤怒，却没有开口的机会。

"难道你是为了耍弄别人才站在这儿的？"

怎么能这样说呢？老妇人难过得话都哽在喉咙里，觉得心慌，也不知道该将视线落在什么地方，只能加快织袜子的速度。

那个人却不依不饶地追问："我说得没错吧？你就是为了耍弄人才到牛市来的吧？"

这时，安妮婆婆停下手里的活，解开拴牛的绳子，准备回家。

她用哀求的目光望着那个人，诚挚地说："它是一头非常孤独的母牛！我住在一户小农家，只有这一头牛，它实在太孤单了。我一直过着孤单的生活，平时也不习惯与人来往，非常了解孤独的滋味，因此带着母牛来到集市，让它看看别的牛，就像有很多同伴陪伴似的，希望这样能使我的母牛开心一些。真的，我真是这么想的，以为不会麻烦到别人，所以按照心里的想法做了。我虽然来到这儿，但真的不是来卖牛的。事情经过就是这样，现在让我们回家吧！实在很抱歉，谢谢你，再见！"

赫尔曼·黑塞

（1877～1962）

德国作家，1946年获诺贝尔文学奖

获奖理由：表彰“他那些灵思盎然的作品——它们一方面具有高度的创意和深刻的洞见，另一方面象征古典的人道理想与高尚的风格”。

文学的盛宴
语言的狂欢

中国式传奇——孟夏的故事

德高望重的孟夏听弟子们议论说，有一群青年艺术家正在进行用头部站立的新型试验，以期获得观察世界的新方法，于是他也亲自做了同样的训练。

过了一段时间，孟夏告诉弟子们说："用头着地观看世界，眼中所见既新奇又美妙。"

孟夏的话很快传开了。因这位大师的认可，那些搞革新的青年艺术家们非常得意，免不了沾沾自喜。

孟夏大师一向沉默寡言，教育弟子时也很少通过宣讲，大多数时间都是以自身光明磊落的生活和行为言传身教，因此他的一言一行备受尊重，得到广泛传播。

没过多久，许多老年人对那句让青年革新者欢天喜地的话感到非常诧异，甚至非常恼怒——这时，又传出孟夏大师的另一段话，据说是他的最新见解。

"人类用来站立的两条腿多么美好！用头站立无益于健康，而且当用头站立者重新用双腿站立后，会发现这样所见的世界要美妙很多倍。"

大师的这番新言论不仅触怒年轻的头部着地者，觉得受到他的欺骗或嘲弄，同时也激怒了那些朝廷官员。

官员们指责说："孟夏先提出一个主张，接着又换了完全相反的主张。世界上怎么可能存在两种真理？我们真的还要尊重这个越来越糊涂的老头子吗？"

有人偷着将青年革新者和官员们的议论透露给孟夏大师。他听了只是微微一笑。

追随者们恳请大师做出解释，他说："孩子们，世界上存在着无法摇撼的客观事实，但真理是用语言对具体事实表达出来的见解，可以多到数不过来，而每个真理总是正确的，如同它总是错误的一样。"

无论弟子们如何再三求教，孟夏大师都没有再多做一句解释。

毛尔布朗神学院的一位学生

大约一个半世纪以来，毛尔布朗神学院里住着施瓦本地区享受奖学金的男孩子。他们将来会被培养成基督教的神学家，学习拉丁语、希伯来语、古希腊语，以及新约全书的希腊语。

这些男孩子上课的教室名字非常美妙动听，大都取自古代，比如雅典、斯巴达等，还有一个叫赫拉斯。这间小屋里有两堵壁墙，将其隔成几个小套间，靠墙放着十多张书桌，学生们就在那里做作业，写文章。

书桌上放着学生们的各类字典和文法书，父母或姐妹们的照片，桌盖底下除了笔记本以外，还有父母和朋友的来信、最喜欢读的书、收集来的矿石，以及妈妈每次放在换洗衣服包裹里的食物，比如面包、一罐果酱、一瓶蜂蜜、可以久存的香肠或一块熏肉。

在一堵竖墙中间的位置，挂着一幅用玻璃框镶嵌起来的，一个古代理想美女的画像，是这间赫拉斯教室的标志。大约在1910年前后，有一个叫阿尔弗雷德的学生，站在或坐在这幅画像附近的书桌旁。这个十五岁的少年是一位教师的儿子，家在德国西南部的黑森林。他的德语作文写得非常出色，经常被当作范文在班上朗读。

阿尔弗雷德在偷偷摸摸地写诗。当然，他也像某些年轻的诗人一样，在许多方面表现出独特的个性和怪癖，有些令人感到奇特，有些令人讨厌。他总是清晨起床最晚的那个，唯一的运动是阅读，极少与人交谈，对别人的挑斗有时还以尖刻的嘲讽，有时还以蒙受凌辱的沉默，将自己封闭起来，与外界隔绝。

在阿尔弗雷德最喜欢的、几乎能倒背如流的书籍中，有一本长篇小说，叫《在轮下》。虽然这本书没有被列为禁书，但权威评价却不高。

阿尔弗雷德知道这本书的作者，大约在二十年前，这位作者也是毛尔布朗神学院的学生，而且也在赫拉斯室学习过。爱写诗的少年很熟悉他写的诗，暗地里将其视为榜样，希望自己将来也能成为有名望的、被民众嫉妒的作家和诗人。

不过，《在轮下》的作者并没有在神学院待很长时间，在他想遵照自己的理想，努力成为一名职业作家之前就离开了这里，随后经历了非常艰难的岁月。

眼下，尽管阿尔弗雷德还没有迈出进入坎坷人生的第一步，且不说这是因为懦弱，还是为了满足父母的心愿，总之，他还在神学院里当学生。也许少年受上帝之命学习神学，但将来总有一天，他会奉献给世人长篇小说和诗歌，以高尚文雅的方式反击曾经蔑视自己的人。

一天下午，阿尔弗雷德在陷入沉思的时候，撑起自己的书桌盖，无意识地想在“珍宝箱”里寻点什么。书桌里除了家里带来的蜂蜜罐子，还珍藏着他的诗稿和其他草稿。

突然，他的注意力被书桌上的字迹吸引，开始揣摩那些用钢笔、铅笔，或用小刀刻上去的名字，显而易见，都是这张书桌曾经的使用者的名字。

他发现，许多名字是以字母“H”开头的，这是因为所有教室的座位都是按照姓名的字母顺序排列的，中间的一些座位几十年都坐着以“H”开头的学生，其中有功绩卓著的奥托·哈特曼，还有如今在神学院里担任希腊语和历史教授的威廉·海克尔。

渐渐的，少年有些心不在焉。忽然，他看到一个粗犷的墨水手迹，心跳顿时觉得慢了一拍。

他知道且非常敬仰这个名字的主人，将其视为崇拜的偶像。而且，阿尔弗雷德可以确定，那位了不起的榜样当年就是在这个书桌上，写下自己的抒情处女作。

这张书桌曾放置过那位诗人的拉丁文和希腊文字典、荷马与李维的书籍。诗人曾在这里伏案学习，策划自己的未来。据说有一天他从这里出去散步，第二天回来的时候就确定了自己的志向！这是不是一种命运的预兆呢？

阿尔弗雷德对自己说：“你也是一个诗人，有着难以捉摸又极为珍贵的个性，你也背负着天命，有朝一日也将成为青年后继者仰慕的对象，成为他们的楷模！”

阿尔弗雷德恨不得祈祷课立刻结束。这时，下课钟声敲响了，寂静的教室立即响起喧哗声、嬉笑声、开关桌盖的声音。他急不可待地向离自己最近的同学点头示意，让对方过来，他们之间平时并没有什么交情。

邻桌的台奥多尔并没有马上过来，阿尔弗雷德有些生气地喊道：“快点，我要给你看些东西。”少年这才不慌不忙地凑过来。

阿尔弗雷德兴奋地指着当年诗人刻在书桌上的名字，告诉台奥多尔这个人二十年前也曾坐在此座位上，而且如今在毛尔布朗神学院里享有非常独特的盛名，经常引起大家的热烈争论。

台奥多尔既不是诗人，也不是空想者，他早已习惯阿尔弗雷德荒诞的空想，不动声色地看着书桌上的那些字母，以一种带有讽刺的同情语调说：“啊，这个名字是你自己刻上去的吧！”

阿尔弗雷德气愤极了，不住地在心里埋怨自己，为什么不能静悄悄地保留这个发现，为什么非要告诉台奥多尔！

没有人能理解阿尔弗雷德，他仿佛孤独地生活在另一个境界里，被愤恨和失望长久包围着。

除去以上所述，关于阿尔弗雷德在毛尔布朗神学院的日常活动和内心烦恼，我们一无所知，他的诗句和文章也未能保留下来。

不过，我们大体上了解一些阿尔弗雷德的生活历程。在神学院完成两个学期的课程之后，他没有通过图平根修道院的入学考试，虽然极不情愿，但为了使母亲开心，还是读了神学。

此后，他作为志愿兵参加了第一次世界大战，以上士的军衔返回家乡。他从未在教会里任过职，从事了商业工作。1933年，他因为没有随波逐流，反抗希特勒而遭到逮捕，大概在里面遭受到凌辱和虐待，获释以后得了神经错乱症，被送进一家疯人院。

1939年，阿尔弗雷德的家人收到来自疯人院的一个简短讣告，除此没有得到过关于他的任何消息。以前神学院的同学，以及在图平根时的朋友们，没有一个人同他保持过联系，不过，尽管如此，他依然没有被人遗忘。

阿尔弗雷德在毛尔布朗神学院的邻桌台奥多尔，通过一次偶然的机会，了解到他一事无成的一生和悲惨的结局。

因为阿尔弗雷德崇拜的诗人和楷模，也就是那位《在轮下》的作者尚在人世，而且可以联系到，台奥多尔迫切地希望能为老同学做点什么，他相信天资聪颖的阿尔弗雷德肯定一直怀有对楷模的爱戴，而且会以某种方式在某个地方继续着，永远不会泯灭。

于是，台奥多尔给当年阿尔弗雷德在赫拉斯教室书桌上发现名字的那位诗人楷模H.H写了一封长信，将老同学的可怜遭遇告诉了对方。

H.H读过信以后，对这个故事产生极大的兴趣，为了让神学院的学生阿尔弗雷德的情况能流传于世，他随后写下这篇报道。

当然，维护、保存，以及抵制流逝与忘却，也属于诗人使命的一部分。

欧内斯特·海明威

（1899～1961）

美国作家，1954年获诺贝尔文学奖

获奖理由："因为他精通于叙事艺术，突出地表现在其近著《老人与海》之中；同时也因为他对当代文体风格之影响。"

文学的盛宴
语言的狂欢

雨里的猫

旅馆里留宿的美国客人只有两个，他们自房间里进进出出，在楼梯那儿上上下下，遇到的都是不认识的人。两位美国客人的房间在面向大海的二楼，也面对公园和战争纪念碑。

公园里有很多大棕榈树和绿色的长椅。天气好的时候，经常可以在公园里看到带着画架的艺术家。他们很喜欢棕榈树那种生机盎然的长势，喜欢公园和大海附近旅馆的鲜艳色调。而意大利人则大老远地来观瞻战争纪念碑。

这是个雨天，青铜铸成的纪念碑在雨水中闪闪发光，雨水从棕榈树上滴下来，石子路上有一汪汪的积水。海水夹着雨水滚滚地冲上来，停在纪念碑广场上的汽车都开走了，一个侍者站在广场对面一个餐馆的门口，呆呆地望着眼前空荡荡的广场。

那位美国太太站在窗边眺望着外面。他们房间的窗户底下有一只猫，蜷缩在一张滴着雨水的绿色桌子下面，不停地缩着身子，以免被雨水淋到。

美国太太突然说："我要出去捉那只小猫。"

她的丈夫在床上，听到妻子的话，说："我去捉吧。"

“不，我去捉。那只可怜的小猫想躲在桌子底下，不想被雨浇到。”

躺在床上的丈夫靠着摞起来的两个高枕头，继续看着书，漫不经心地说：“别淋湿了。”

太太下楼去，路过办公室时，旅馆老板站起来向她弯腰示意。老板是个高个子老头，他的写字台在办公室的一角。

“下雨啦。”太太打招呼说，她对旅馆老板的印象还不错。

“是啊，是啊，太太，真是个坏天气。”

老板站在昏暗的写字台后面。美国太太很喜欢他，喜欢他听到怨言时那种非常认真的态度，喜欢他那种愿意为她效劳的态度，喜欢他觉得自己是个旅馆老板的态度，喜欢他那张因年老而迟钝的脸和那双大手。

她怀着对老板的欣赏打开大门，向外面张望着。雨下得更大了，一个披着雨衣的人正穿过空荡荡的广场，向餐馆走去。那只猫应该在这附近的右边，沿着屋檐底下大概可以走到那儿。忽然，她背后张开一把伞，原来是那个负责整理他们房间的侍女。

“不能让您淋湿了。”侍女面带笑容，用意大利语说，一定是旅馆老板派她过来的。

侍女撑着伞遮住她，一起沿着石子路，走到他们房间窗底的位置。桌子在雨里看上去是鲜绿色，那只猫不见了。

她顿时大失所望，侍女问：“太太，您是丢了什么东西吗？”

“有一只猫。”年轻的美国太太回答。

"猫？"

"是的，一只猫。"

侍女笑起来："猫？雨里的一只猫？"

"是啊，本来在这个桌子底下来着。"她叹了一口气，用英语说："啊，我多么想得到它，我想要那只小猫！"

她说英语的时候，侍女顿时绷紧了脸，说："太太，我们必须得回去了，你快淋湿了。"

"好吧，确实如此。"

她们沿着石子路走回去，进了门。侍女在外面收好伞。美国太太经过办公室时，老板在写字台那边向她弯腰示意。她感到有点儿无聊和尴尬。老板使她觉得自己非常无聊，同时又觉得自己很了不起，极其了不起。

她噔噔噔上了楼梯，打开房间门。乔治还在床上看书，见到妻子回来，放下书问："捉到猫了？"

"猫跑了。"

"能跑到哪去？"他没接着看书，想休息一下眼睛。

她在床边坐下，说："我太想要那只猫了。我也不知道自己为什么想要那只可怜的小猫。哎，做一只待在雨里的小猫，多么可怜啊，淋雨可不是什么有趣的事儿！"

乔治又拿起书，接着看起来。

她站起身，走到梳妆台的镜子前，坐在那里，拿着小镜子照照自己，先端详一下侧影，又看看这一边，再看看另一边，接着又端详一下后脑勺和脖子，最后看着自己的侧影，问：“你觉得我把头发留起来怎么样？会不会很好看？”

乔治抬起头，看着她的颈窝，妻子的头发剪得很短，像男孩子那样。

“我喜欢你现在这样。”

“可我已经很厌烦这个发式，像个男孩子，我看够了！”她颇有些无聊地说。

乔治在床上换了个姿势，目光没有离开她。

“你真的很漂亮。”他夸奖妻子说。

她把镜子放在梳妆台上，走到窗边向外张望，天渐渐黑了。

“我想把头发在后脑勺扎个又紧又滑的大结儿，这样我就能摸摸，”她遐想着，“如果真有一只小猫坐在我的腿上，我抚摩它，它会喵喵喵地叫。”

“是吗？”乔治在床上说。

“我还要点上蜡烛，用自己的银器吃饭；还要现在是春天，对着镜子梳头；还要一只小猫，几件新衣服……”

“别说了，找点东西看看吧。”乔治打断她的话，自顾自地看着书。

妻子向窗外张望着。这会儿天更黑了，雨点仍然敲打着棕榈树。

“反正我想要一只猫。”她不肯罢休，“我要一只猫，现在就要一只猫。如果不能有长头发，也不能有任何有趣的东西，我总可以有只猫吧！”

乔治不再听她的絮叨，专心看着手里的书。他的妻子望着窗外，广场上的灯已经亮了。

这时，有人来敲门。

“请进。”乔治终于从书上转移了视线。

那个侍女抱着一只大玳瑁猫，放在门口，说：“打扰了，老板让我把这只猫送给太太。”

一天的等待

我们还没起床，他就打着哆嗦，慢吞吞地走进来关窗户，脸色非常苍白，看起来好像生病了，一迈步都会很疼的样子。

我问他："孩子，你怎么了？"

"我头疼。"

"那你最好回到床上睡一会儿。"

"不用，我没事。"

"快去躺着吧，我穿好衣服再过去看你。"

可是，我下楼的时候，这个九岁的孩子已经穿好衣服，坐在炉火边。我摸了摸他的前额，便知道可怜的孩子正在发烧。

"你病了，得上楼睡一会儿。"

"我挺好的，没事。"

医生来了，给孩子量了量体温，我问多少度，他回答说："102度。"

下楼后，医生留下三种不同颜色的胶囊，并附有详细的服用方法，一种是降低体温的，一种是通便的，一种是减轻酸性的。医生解释说，流行性感冒的病菌只有在酸性环境中才能生存。

看来他对这种疾病了解得很透彻，还安慰我说症状比较轻，只要体温不超过104度就没事儿，不得肺炎便没有危险。

我回到卧室，记下孩子的体温，以及各种胶囊的服用时间。

“用不用给你读点什么？”

孩子回答说：“好吧，如果你愿意的话。”他平静地躺在床上，一副对什么都心不在焉的样子，脸色更加苍白，眼窝底下发黑。

于是，我翻开霍华德·派尔斯马的《海盗的故事》，大声朗读起来。然而，我看他并没有听。

“孩子，你现在感觉怎么样？”

“跟刚才差不多。”

我坐在床尾，朗读给自己听，等待下次服药的时间。对孩子来说，最好的休息是睡觉，可每次我看他的时候，他都在盯着床尾，表情很奇怪。

“你怎么不睡觉呢？到吃药的时间，我会叫醒你的。”

“不，我情愿醒着。”

过了一会儿，他对我说：“爸爸，如果你觉得烦，就不用在这儿陪我了。”

“我没有觉得烦啊。”

“不是，我的意思是，要是你会感到很烦，就不用在这儿陪我了。”

我想这孩子可能是因为身体不舒服，神经有点不太正常。十一点的时候，我给他吃了医生指定的胶囊后，出去了一会儿。

外面的天气很晴朗，有些寒冷，地面上笼罩着一层薄冰，所有光秃秃的树、矮树丛、灌木丛，以及草地和地面，都被寒冰装扮得亮晶晶的。

我带着爱尔兰小猎犬，沿着一个冻冰的小河港散了一会儿步。在像玻璃一样滑的路面上很难站立和走动，我那条红色的小猎犬还可以在冰上蜿蜒滑行，而我却重重地摔了两跤，有一次还把猎枪摔到地上，滑出好远。

我从一处高悬着灌木的河岸中轰出一窝鹌鹑，随后在它们飞越河岸逃走的时候，开枪射中两只。

这非常不容易，因为有些鹌鹑栖息在树上，但绝大多数分散在茂密的灌木丛中，必须得在坚冰覆盖的灌木丛上跳跃几次，才能将它们惊飞——而它们飞出来的时候，人还在灌木丛上摇摇晃晃地维持着身体的平衡，很难准确射击，别看我射中了两只，却飞走了五只呢。

我拎着猎物，高高兴兴地往家走。真是没想到啊，竟然能在离家这么近的地方找到一窝鹌鹑，而且还剩下那么多只，可以留着下次再打。

一进家门，他们告诉我说，儿子不许任何人进房间。

我进去时，儿子阻止说："你不能进来，别被我传染了！"

我看看他，情况与我出门时差不多，脸色苍白，脸颊上部因为发烧有些涨红，依然安静地凝视着床尾，与我离开时一样。

我给他量了量体温。

"多少度？"他问我。

“100度多一点。”我回答。体温计显示是102.4度。

“是102度吧?

“谁说的?”

“医生。”

“你的体温是正常的，没有什么可担心的。”

“我不担心，但不可能不去想呀。”

“别想，也别紧张。”我安慰他。

他好像在保守着什么关于自己的秘密，眼睛朝前望着说:“我不紧张。”

“该服药了，喝点水把药吞下去。”

“你认为药有用吗?”

“当然有用。”

我坐下来，翻开《海盗的故事》开始读，但发现他根本没听，于是停下来。

他问我:“你看我什么时候能死?”

“什么?”

“离我死还有多少时间?”

“你不会死的。怎么了?有什么不对吗?”

“不，我会死的!我听见医生说102度。”

“发烧102度是不会死的呀，你说什么傻话呢!”

“不对，我知道会死的。在法国学校读书的时候，同学们告诉我说，发烧到44度就活不成了，而我已经102度了。”

原来如此，他从早晨九点开始，等死已经等了一天！

我有些啼笑皆非，说：“可怜的孩子，可怜的小伙子呀，你不会死的。这就像英里和公里一样，你用的是另一种体温计，正常体温是98度，他们说的那种体温计，正常体温是37度。”

“你能确定吗？”他略带怀疑地问。

“当然能确定。就像是我们开车开了七十英里，相当于多少公里一样。”

“哦。”他回应了一声。

渐渐的，他不再紧张地注视着床尾，直到完全放松下来。

第二天，他懒懒散散的，有点小事就抽抽搭搭地哭起来，而那些小事全是无关紧要的。

忠心不二的公牛

有一头公牛，它的名字与西班牙的费迪南德国王毫无关系，对鲜花也没有一点儿兴趣。它酷爱角斗，敢与其他同年龄段，甚至任何年龄段的公牛角斗，而且所向无敌。

它的皮毛乌黑油亮，双目清澈明亮，一对儿牛角如硬木般坚挺，如豪猪毛刺般尖锐。虽然在角斗的时候，对方的腰部顶得牛角发痛，但这头战无不胜的公牛并不在意。它随时随地可以展开一场角斗，颈部肌肉鼓起一大块肉团，西班牙语将其称为“morillo”，每当它准备角斗的时候，morillo就高耸如山。

一旦有什么原因挑动了公牛，它会立即不顾死活地角斗，那股认真劲儿如同有些人对待吃饭、读书、去教堂一样，非要拼个你死我活才算了事。

不过，其他公牛并不怕它，因为它们出身高贵，无须怕这头公牛，而且也不愿意招惹或与它角斗。

公牛并不是心地邪恶或恃强凌弱之流，只是单纯地喜欢角斗而已，就像人们喜欢唱歌，或喜欢当个国王啊、总统啊什么的。它从来不思考，也懒得思考，角斗便是它的职责，它的义务，它的欢乐。

这头勇敢的公牛却几乎无处不角斗，多石的高地上、软木树下，河边碧绿的牧场上……它每天从河边走十五里路，去高高的石地，与所有正视它的公牛角斗。不过，他只是好斗而已，从来不发火。

那么，它的命运怎么样呢？主人为此正在犯难。这头公牛耗费了他大量的金钱。原本每头公牛价值一千多元，但同这头善战的公牛角斗以后，价值立刻落到二百元以下，有时甚至更低。

主人再三考虑，决定先不把它送去斗牛场令人屠宰，而是选它做种牛，让自己今后所有的牛都来承袭这头牛的血统。

没想到，公牛的性格太古怪了。主人将它赶到牧场，与育种的母牛们一起生活后，它对一头年轻漂亮的母牛一见钟情。当然，这头母牛的确出众，比其他母牛苗条，肌肉发达，毛皮发亮，而且活泼可爱。公牛一见自己无法与对方角斗，索性爱上它，对其余母牛看都不看一眼，忠心耿耿地跟心中所爱在一起。

养牛场的主人希望公牛能回心转意，变得听话一些，至少能有所改变。可是，它却对自己的恋人始终情深义重，一心一意与那头母牛在一起。

主人终于忍无可忍，将公牛与另外五头同伴送到斗牛场处死。公牛总算迎来一场真正的角斗！

它角斗的场面非常精彩，每个观众都对其赞赏有加，杀死公牛的斗牛士也对它格外称赞，角斗结束时，他身上那件紧身短袄全湿透了，而且非常口渴。

“这头公牛真是太厉害了！”斗牛士说道，顺手将剑递给掌剑者，公牛心脏的血正顺着刀刃往下淌。

从此以后，公牛再也不会有任何烦恼了。它的尸体正由四匹马拖出斗牛场。

“这就是维拉梅耶侯爵不得不处理掉的那头公牛，因为它忠心不二。”掌剑者说。

“也许我们都应该忠心不二吧。”斗牛士说。

关于某件事情的结束

霍顿斯湾最早是一座木材业城市，城里人每天都能听到从湖边木材厂里传出来的锯子声。后来，这里再也没有能做木材的木头了。

一艘艘双桅帆船驶进湖湾，将堆放在厂里已经锯好的木材全部运走，就连大厂房里能搬动的机械都搬了出来，由工人们装上其中一艘双桅帆船。

那艘双桅帆船装载着很多曾把工厂弄得像工厂、把霍顿斯湾弄得像城市的东西，例如两把大锯，往旋转圆锯口里抛木料的滑车，还有滚轴、轮子、皮带、铁皮，统统都堆在一船木材上。露天货舱盖上了巨大的帆布，帆船离开湖湾，慢慢驶向开阔的湖面。

一座座平房工棚、食堂、工厂办公室、大厂房留在湖湾岸边草地上的锯木屑堆里，全都空无一人。

十年以后，当尼克和玛乔丽划着船来到这里时，除了断裂的白灰石露在草木之外，昔日的工厂已荡然无存。

他们沿着航道用轮转线钓鱼，打算一路划到准备投放夜钓饵的岬角，在那里钓虹鳟鱼。

“尼克，看，咱们老厂的废墟！”玛乔丽说。

尼克划着船，看着绿树丛里的白石头，说："对，就在这儿！"

"你还记得当时工厂的样子吗？"玛乔丽问。

"当然记得。"尼克说。

"看上去更像一座城堡。"玛乔丽说。

尼克没有再说什么，他们沿着岸前行，一直划到看不见工厂的水域，然后抄近路穿过湖湾。

尼克说："没有鱼咬钩。"

"是啊。"

每次钓鱼的时候，玛乔丽都很专心，一心扑在钓鱼竿上，即使说话也不会分心。

她非常喜欢钓鱼，尤其是跟尼克一起钓鱼。

一条大鳟鱼蹿出水面，尼克划着单桨掉转小船，让在船尾快速移动的鱼饵能够掠过鳟鱼觅食的地方。

鳟鱼的背露出水面的时候，鲫鱼跳得正欢，水面上浪花四溅，就像有人从水里射进一梭枪弹。

这时，又一条鳟鱼破水而出，在小船的另一边觅食。

"它们在吃鱼饵。"玛乔丽说。

"可是鱼不会上钩。"尼克说着，划了几桨，让拖着的钓丝掠过这两条觅食的鳟鱼，然后又将小船划向岬角。

靠岸以后，玛乔丽方才收线。

将船拖上湖滩以后，尼克拎起一桶活蹦乱跳的鲫鱼，一下子抓起三条，利索地去头去鳍。

玛乔丽在桶里摸了半天，好不容易才抓住一条，跟着也迅速地去头去鳍。

尼克瞧了瞧，说：“你不用去掉腹鳍，虽然去掉鳍做鱼饵也行，但最好还是留着。”

他一边说，一边把鱼钩穿进每条去皮的鲫鱼尾部，每根钓竿都挂着两个钩子。

接下来，玛乔丽将船划到航道的对面，用牙齿咬住钓丝，望向尼克。

尼克站在岸边，拿着钓竿，放出卷轴里的钓丝，喊道：“差不多就行！”

玛乔丽拿着钓丝，问：“是要我放下钓丝吗？”

“当然，放吧！”

玛乔丽把钓丝放到船外，望着鱼饵沉到水里，然后将船划过来，再用同样的方法放下第二根钓丝。

每一回，尼克都从水里捡起一块大木块，将钓竿压压严实，再捡一小块木片斜支着钓竿。

他收起并绷紧钓丝，让鱼饵落在水底的沙土上，接着在卷轴上安好闸。如果鳟鱼觅食时咬到鱼饵，就会拖动它，从卷轴里猛地抽出钓丝，上了闸的卷轴便会发出呜呜的响声。

为了不妨碍钓丝，玛乔丽用力划桨，将小船靠上岬角的沙滩。

玛乔丽下了船，尼克把船拖上岸。

“怎么样了，尼克？”玛乔丽问。

“我也不知道。”

他们用冲上岸的木头生起一堆火，玛乔丽到船上拿了一条毯子，夜风把烟吹向岬角，她将毯子铺在火堆和湖之间，背对着火坐在毯子上。

尼克过来坐在旁边，前面是霍顿斯湾，背后是浓密的树林。天还没有完全黑，火光映照着水面，能看得见两根钢钓竿斜斜支起。

玛乔丽打开饭篮，尼克说：“我不想吃。”

玛乔丽坚持道：“快来吃吧，尼克。”

“好吧。”

他们一边默默地吃着，一边盯着两根钓竿和水面上的火光。

望着湖湾对面的山丘，尼克说：“今晚会有月亮。”

山丘在夜色的衬托下轮廓渐渐明朗，月亮一定在山那边升起来了。

“我就知道会有。”玛乔丽兴高采烈。

尼克略带讥讽地说：“你什么都知道。”

“哎，尼克，请别那样说。”

“我没法不说，你就是这样，总是什么都知道！你的毛病就出在这里，你自己也知道。”

玛乔丽一言不发。

“我什么都告诉过你了，你自己知道你就是那样的吧？你说，你有什么不知道的？”

“哎，住口吧！”玛乔丽说，“月亮出来了。”

两个人坐在毯子上，谁也不挨着谁，只盯着月亮。

“你别胡说八道，究竟是怎么回事？”玛乔丽问。

“我不知道。”

“你怎么会不知道！”

“我真的不知道！”

“得了吧，快说！”

尼克盯着从山丘上面升起的月亮。

“真没劲！”尼克说完，过了一会儿，才看向玛乔丽。

玛乔丽仍然背对着尼克。

他看着她的背影，继续说：“没劲！一点儿劲都没有！”

玛乔丽沉默不语。

尼克自顾自地说：“我心里有一种万念俱灰的感觉，不知道该说什么才好，玛吉。”

“爱情也没劲？”玛乔丽开口了。

“嗯。”尼克坐在那里，双手蒙着头。

玛乔丽忽地站起来，对他喊道：“我去划船，你可以绕着岬角走回去！”

“行，我帮你把船推下河。”尼克说。

“不用。”玛乔丽借着明亮的月光上了船。

尼克返回来，躺在火堆旁，用毯子蒙住脸，听着玛乔丽划船离开的声音。

他躺了好半天，听到比尔走近火边，问他：“她走了吗？”

“走了。”尼克躺在那里一动不动。

“你们吵架了？”

“没有，没吵架。”

“你感觉怎么样？”

“唉，你走开吧，比尔！让我静一静。”

比尔从饭篮里挑出一个三明治，走过去看水里的钓竿。

约翰·斯坦贝克

（1902～1968）

美国作家，1962年获诺贝尔文学奖

获奖理由："通过现实主义富有想象力的创作，表现出富于同情的幽默和对社会的敏锐洞察力。"

文学的盛宴
语言的狂欢

人们的首领

星期六下午，牧场工人比利 · 勃克正在将去年剩余的干草耙在一起，一绺一绺地堆放在铁丝围栏上，让牲口想吃就能吃到。

高空中的云像大炮轰出来的一股股烟，被三月的风送往东方。虽然听得到山脊的树叶被风吹得嗖嗖直响，却一点儿也吹不到牧场的丘地。

男孩乔迪从屋里出来，嘴里嚼着一块黄油面包，看见比利在忙着耙草。这孩子习惯拖着鞋走路，家里人再三强调，那样会把好好的皮鞋拖坏，他却依然不改。

乔迪经过黑柏树的时候，树上飞起一群白鸽，绕着树飞了一圈，最后又停在树上。一只中不溜大小的深灰色猫从简易房里跳出来，用僵硬的步子跑过大路，转一圈，又跑了回来。

乔迪捡起一块石子，想凑个热闹，可惜动作慢了点，还没扔出去，猫就钻到空里去了。他只好朝柏树扔过去，惊得白鸽又绕着树飞了一圈。

乔迪走到已经用完的草堆那里，靠在带刺的铁丝网上，问："就剩这些了吗？"

人到中年的比利·勃克耙得很仔细，这会儿停下来，将叉子往地上一插，摘掉黑帽子，弄平头发，说：“没受潮的都在这儿了。”说完又戴上帽子，把两只干燥如皮革的手放在一起搓了搓。

“应该有很多老鼠吧？”乔迪问。

“可不，多着呢，到处是老鼠。”

“等你弄完了，我把狗叫来捉老鼠。”

“行，你叫吧。”比利·勃克叉起湿草，往空中一扬，几只老鼠立刻现形，拼命往草底下钻。

乔迪满意地叹了一口气，这群光溜溜、胖乎乎、活蹦乱跳的老鼠就要完蛋了。它们得意扬扬地在草堆里生活并繁殖了八个月，猫捉不到，夹子夹不到，毒药也用不上，连乔迪都毫无办法，现在终于要倒霉了，绝不让它们活过第二天。

比利抬起头，看了看牧场周围的山顶，提醒说：“你最好先问问你父亲，然后再叫狗过来。”

“好。他在哪儿呢？我这就去问。”

“吃过饭以后，他骑着马去山脊了，应该快回来了。”

乔迪闷闷不乐地靠着围栏柱子，说：“问不问他都无所谓。”

比利干着活，警告他说：“反正最好先问问，你又不是不知道你父亲这个人。”

乔迪当然知道。无论是谁，只要想在牧场上做一件事，不管事情大小，都必须事先得到他父亲卡尔·蒂弗林的同意。

乔迪无聊地顺着柱子往下溜，一屁股坐在地上，抬头看着随风飘去的一朵朵云彩，问："比利，会下雨吗？"

"也许会下。风倒是好，不过不大。"

"嗯。希望等我杀死这些该死的老鼠以后再下雨。"他回头看看比利，看他是否注意到自己用了大人的骂人话。比利闷头干活，没有说什么。

乔迪转身望着山的侧面，那里有一条从山外世界通过来的路。山丘沐浴在三月淡淡的阳光下，鼠尾草丛里开着银色的蓟花、蓝色的豆花、红色的罂粟花。

名叫"双树杂种"的黑狗正在半山上挖一只松鼠洞，先用爪子扒一会儿，再停下来将后腿中间的土踢出来。它挖得非常认真，仿佛知道从来没有一条狗挖到过松鼠。

突然，黑狗挺直身子，从洞里跃出来，望向山脊那边大路通过来的豁口。

乔迪也朝那边望去——卡尔·蒂弗林骑着马出现了，背后衬着灰白色的天空，手上拿着一件白色的东西，向房子那边骑去。

乔迪忽一下站起来，喊着："他收到一封信！"说完立刻跑向牧场房子，父亲可能会大声读信，他得听听写了什么。

男孩比父亲先到家，得意地跑进屋。他听见卡尔嘎嘎吱吱地从马鞍上跳下来，拍了一下马背，让它自己回牲口棚，等比利卸掉马鞍后，再放它出来。

乔迪冲进厨房，嚷道："我们收到一封信。"

母亲正在剥豆子，抬起头问："谁收到信了？"

“父亲，我看见他手里拿着一封信！”

这时，卡尔大步流星地走进厨房，妻子问道：“卡尔，是谁寄来的信？”

丈夫皱起眉头，问：“你怎么知道有信？”

妻子朝乔迪努努嘴，说：“咱们的‘大裤裆’乔迪说的。”

父亲朝男孩瞪过来，讥讽他说：“还真快成‘大裤裆’了，谁的事他都管，什么事都插一手，唯独不做自己该干的事！”

蒂弗林太太为儿子辩解说：“他又没有什么事可忙。从哪里寄来的信？”

卡尔依然皱着眉头说：“他要是不听话，我会让他忙起来的。”说着，他拿出没有拆封的信。“好像是你父亲寄来的。”

蒂弗林太太摘下头上的一枚发夹，嘟着嘴，小心翼翼地打开信封，取出信纸。

乔迪期待地盯着母亲的眼睛。

“他说，这个星期六来这里住几天。你看，今天就是星期六，这封信肯定在路上耽搁了。”她看了一眼邮戳，说：“前天寄出的，本来应该昨天到。”

忽然，蒂弗林太太疑惑地看向丈夫，转而气得脸色发黑：“你干吗摆出这副臭脸？他又不是经常来！”

卡尔见妻子发火，赶紧移开视线。他们家多数情况下他比较严厉，但妻子偶尔上来脾气，他是拗不过的。

“你到底怎么回事？”妻子质问道。

卡尔诚恳地道歉说:“他太爱说话了，一直说一直说。”

“说话怎么了? 你不说话吗?”

“我当然说话，但你父亲说来说去总是那一件事!”

“印第安人!”乔迪兴奋地插嘴说，“印第安人，还有横跨平原!”

卡尔训斥他:“出去，大裤裆先生，赶紧出去，出去!”

乔迪可怜巴巴地从后门出去，悄悄地关上纱门，踱到厨房窗户那里。他那双无精打采的双眼看到一块古怪的石子，样子很有趣，便蹲下捡起来，翻过来看看。

厨房开着窗，里面的声音听得清清楚楚。

父亲说:“乔迪说的没错，就是印第安人和横跨平原! 关于赶跑马群的那个故事，我已经听了大约有一千遍了! 他不管不顾地说啊说啊，每次讲的时候，一个字都不带改的!”

蒂弗林太太却一改刚才生硬的语气，声音柔和得像在祈求谅解。乔迪不禁抬起头，暂时停止研究手里的石子，他知道母亲现在的表情跟语气一样柔和。

“卡尔，你换个角度想一想。那是我父亲这辈子的大事，他带领一支车队横跨平原，到达海边，做完这件事，这辈子也就完了。虽然这是一件大事，但不能永远做下去。你看，他好像是为了做这件事而生的，完成以后再也没有其他事可做，只剩下回忆这件事，谈论这件事。如果西部还有地方可去，他早就去了，这是他自己告诉我的。可事实是，终于到达海边，只能停下脚步，住在海边。”

她用柔和的语调迷住丈夫，将他包围起来。

卡尔表示同意，轻声说："我见过他往下走，眺望西面的海洋。"他的声音提高了一点，"然后跑进'太平洋园林'的马蹄俱乐部里，给大家讲印第安人是怎么赶跑马群的。"

蒂弗林太太想再次迷住丈夫，轻声说："是的。对他来说，这些事太重要了。亲爱的，你不妨对他耐心一点，只要装着在听他的话就好。"

卡尔不耐烦地转过身，说："好吧，如果实在听不下去，我就到简易房同比利待一会儿。"说完，他觉得很烦躁，走出房间，随手"砰"地关上前门。

乔迪赶紧跑去做他的家务事：很认真地给鸡喂谷子，而且没有追鸡；把鸡窝里的蛋拣出来；抱着柴火跑进屋，纵横交错地码在柴火箱里，他做得非常认真，两抱柴火就装满了。

母亲剥完豆子，挑一挑火，用一只火鸡的翅膀刷了刷炉灶。乔迪小心翼翼地看着她，想知道母亲是不是还对自己不满。

终于，他鼓起勇气问："外公今天来吗？"

"信上是这样说的。"

"我到路上去迎迎他。"

蒂弗林太太"哐当"一声关上炉盖，说："行，这样好，有人迎接，他也许会很高兴。"

"那我现在就去了。"

乔迪奔到外面，对着狗吹了一声口哨，命令道："过来，我们上山去！”两条狗摇了摇尾巴，依照小主人的指令向前跑。

路边的鼠尾草长出新尖芽儿，乔迪摘下几片，在手上搓来搓去，过一会儿，鼻子里就充斥着野草味。

突然，两条狗从大路上跳开，狂叫一声钻进矮树丛，去追赶一只兔子，紧接着不见了，没抓到兔子就先跑回了家。

乔迪慢慢地向山顶走去，站在通路狭隘的豁口那里等着。午后的风吹起他的头发，吹得衬衣直打褶。

他望着下面的小山和山脊梁，又眺望远方宽阔的绿色的萨利纳斯谷地，以及远方平地上那座白色的萨利纳斯市镇，甚至看得见西斜的太阳将镇上的玻璃窗照得亮闪闪的。他脚底下的一棵橡树上，有一群正在聚会的乌鸦，黑压压的一片，嘎嘎嘎地乱叫。

乔迪望向山下的车道。这条车道消失在一座山的后面，接着又出现在山的另一边。突然，他看见远处的道上有一匹栗色的马，拖着一辆车慢慢地走着。马车消失在山的背后。

乔迪坐在地上，耐心地等着，眼睛望着马车即将重新出现的地方。山顶的风吹得呼呼直响，一小团一小团的云疾速地飘向东方。

这时，马车又出现了，不过停了下来，一个穿着黑衣服的男人从座位上跳下来，走到马前面。虽然相隔很远，乔迪也知道他解开了马面颊上的绳扣，因为马正低着头向前挪动。男人在马车旁边步行，慢吞吞地上了山。

乔迪高兴得叫起来，冲下去迎接。被惊到的松鼠莽撞地向前冲去，离开了大路；一只郭公鸟摇晃着尾巴，飞快地蹿过山边，像滑翔机一样飞了出去。

乔迪每跑一步，都想跳到自己影子的中央，所以很轻易地摔了一跤。他爬起来，继续跑着拐过一个小弯，外公和马车就在前面不远的地方。男孩意识到这样跑过去不太好看，于是停下来，一本正经地向前走。

马儿磕磕绊绊地爬上山，老人走在马车旁边，身后拖曳着黑色的影子。他穿着一套黑色的平纹布衣裳，一双带松紧带的羊毛半筒靴，短小的衣领上系着一只黑色的领结，手里拿着一顶帽檐低垂的黑帽子，白色的胡子修剪得很整齐，遮着眼睛的白色眉毛倒是很像胡子，一双蓝眼睛令人望而生畏。

老人的步伐缓慢而自信，迈出一步就不会退回来，认定方向就不会拐弯，速度不会加快也不会减慢。他的整张脸、整个身体，散发着一种花岗岩似的威严，似乎一举一动都是很难做到的事，一停下来就会变成再也不能动的石头。

乔迪出现在弯路上的时候，外公缓缓地挥了挥帽子，打招呼说："啊，乔迪！你是来接我的吗？"

男孩开心地走过去，拐过弯，步子迈得跟外公一样慢，虽然挺直身子，但还有点拖脚跟。"是的，外公，我们今天才收到你的信。"

"信应该昨天寄到。家里人都怎么样？"

"都挺好的。"他迟疑一下，有些胆怯地问："外公，你明天愿意一起逮老鼠吗？"

"逮老鼠？难道这代人已经堕落到逮老鼠的程度了？我知道他们

弱，新一代身体不强壮，但没想到竟然逮起老鼠了。”

“不是那样的，外公，只是玩玩而已。草堆铲平了，我想把老鼠赶出来给狗吃，你可以在旁边看着，或者拍打拍打草。”

老人那双严厉的眼睛欣慰地朝下看着乔迪：“我明白了，你们不是吃老鼠，还不至于到那个地步。”

乔迪解释说：“外公，老鼠是给狗吃的，这跟打印第安人很不一样吧？”

“嗯，很不一样。不过，到了后来，军队打印第安人的时候，又杀小孩，又烧帐篷，这就跟你逮老鼠没有多大区别了。”

他们爬到山顶，又下山到了牧场高地，这时太阳已经照不到那里了。

外公看看男孩，说：“你长高了，几乎长了一英寸。”

乔迪吹嘘说：“不止呢，从门上做的记号来看，感恩节到现在我长了一英寸多。”

外公的嗓音很浓重：“大概你喝水太多，都到五脏六腑和骨髓里去了，等你长大了再看。”

乔迪看了外公一眼，担心自己的态度惹恼了他。不过，那双敏锐的蓝眼睛里并没有责备或损人的意思，也没有“你放规矩点”的警告神色。于是，男孩大着胆子提议说：“我们也可以杀猪。”

“啊，那可不行！我才不叫你杀猪呢。你在逗外公吧，你知道现在不是杀猪的季节。”

“外公，你记得那头叫‘瑞莱’的公猪吗？”

“记得，记得很清楚。”

“瑞莱在猪草堆里啃了一个洞，弄坍了草堆，把自己闷死了。”

“猪很蠢，一有机会就这么干。”

“瑞莱是一头种猪，很不错的，有时候我骑着它玩儿，也不会发怒。”

在他们脚底下，有扇门砰的一声关上了。乔迪的母亲站在门廊上，挥动着布裙表示欢迎，卡尔·蒂弗林也从牲口棚出来，到房子那里迎接老人。

太阳已经落山，烟囱冒出来的青烟一层一层地悬在夕阳斜照的牧场高地上，风力越来越弱，一小朵一小朵的云无精打采地挂在空中。

比利·勃克走出简易房，往地上泼了一脸盆肥皂水。他很尊敬乔迪的外公，还没到周末就将胡子刮了。这位老人时常说，新一代没有变成软骨头的只有极少数人，比利是其中的一个。其实比利已经是中年人了，但老爷子依然把他当成孩子。

乔迪和爷爷走到房前的时候，三个人微笑地等在那里。

卡尔先开口说：“您好，我们一直等着您呢！”

蒂弗林太太吻了吻老父亲的脸颊，安静地站着，老人用宽大的手拍拍她的肩膀，比利走过去与他握握手，说：“我替您管马。”然后将马车拉走了。

爷爷望着比利的背影，转过身对大家说了几句话，这些话说过至少一百遍了。“他是个好孩子。我认识他的父亲老骡尾巴勃克。我不明白为什么要叫他‘骡尾巴’，他不过是用骡子运过货而已。”

蒂弗林太太转身带大家进屋。“父亲，您计划在这儿待多久？信上没提。”

“啊，我也不知道。我想住两个星期那样，虽然这样想的，但每次都没有待到预想的那么久。”

过了一会儿，他们围着白油布铺的桌子吃晚餐。餐桌上空悬挂着一盏锡罩灯，引来外面的大飞蛾，轻声撞在餐厅的玻璃上。

“我刚才说——”老人刚开始说，就被卡尔打断：“您再多吃点肉。我们正等着吃布丁呢。”

乔迪见母亲眼里闪过一丝怒意。外公拿起刀叉，说：“好吧，我很饿，以后再给你们讲这个故事。”

晚餐过后，一家人与比利·勃克来到隔壁房间，坐在火炉前。乔迪急切地观察着爷爷，看到了自己熟悉的迹象：满脸络腮胡子的脑袋向前伸着；眼中严厉的神色消失了，仿佛很好奇地望着炉火；粗大细长的手指交叉放在黑色的膝盖上……果然，外公开始说：“我不知道有没有告诉过你们，那帮爱偷东西的比由忒斯人怎样赶走了我们的三十五匹马。”

卡尔立即打断他说：“我记得您讲过，不就是你们进入达荷地区之前发生的事情吗？”

老人回头看看女婿。“嗯，我想自己也应该跟你讲过那件事。”

“讲好多遍了。”卡尔回避着妻子的目光，毫不留情地说。不过，迫于一双愤怒眼神的压力，他只好言不由衷地补充了一句：“当然，我愿意多听一遍。”

老人转头看向炉火，叉在一起的手指又放开了。乔迪知道外公此时的感受，他心里一定感到很空。下午的时候，父亲不是叫自己“大裤裆”吗？那么就当一次英雄吧，正好也配配“大裤裆”这个称号。

于是，乔迪轻声说：“给我们讲讲印第安人的故事。”

老人的眼神又严肃起来：“孩子们总喜欢听印第安人的故事，原本是大人的事，小孩子反倒喜欢听。好吧，让我想想……嗯……我讲没讲过叫每辆车拉一块铁板？”

除了乔迪，没有一个人吭声。乔迪说：“没有，你没讲过。”

“嗯。印第安人进攻的时候，我们总把车围成一个圈，躲在车轮中间应战。当时我想，如果每辆车带一块铁板，上面留有枪孔，那么车围成一圈的时候，就能用铁板挡在车轮外面保护自己，岂不是一个保命的好办法？虽然铁板加重了分量，但终归划得来。可是，大伙儿却不愿意那么做，说以前没有人做过，不明白为什么非要费那个劲，当然喽，后来他们都后悔了。”

乔迪看向母亲，她的表情明显看出来根本没在听，卡尔在用手指拉自己大拇指上的胼胝，比利·勃克正瞧着一只在墙上爬的蜘蛛。

外公的声音又变成以前那种调子，对于接下来他会怎么讲这个故事，乔迪知道得清清楚楚：单调沉闷地叙述，讲到进攻的时候语速会快一点儿，讲到受伤的时候表情会很难过，讲到大平原上的葬礼会改成哀悼的声音……乔迪不声不响地坐在那里，眼睛盯着外公。老人那双庄严的蓝眼睛分明没有流露出丝毫的感情，看来他自己对这个故事也没有多大兴趣。

故事终于讲完了，大家客客气气地沉默了一会儿，表达对拓荒者的尊重之情。然后，比利·勃克站起来，伸伸腿，钩住裤子，说：“我得去睡觉了。”接着，他又对老人说：“我房间里有一管旧的牛角火药筒，还有一根雷管，一把弹丸手枪，我以前给您看过吗？”

老人慢慢地点点头，说：“看过，比利，我记得以前你给我看过。这叫我想起来带领大家向西去时的一把手枪。”

比利很有礼貌，站在一边等老人讲完那个小故事以后，才道一声“晚安”，走了出去。

卡尔·蒂弗林试图转移话题，问：“从这儿到蒙特雷一路上的情况怎么样？听说干旱得很严重。”

“是的，干旱，拉古那·赛卡一滴水都没有。自1887年到现在从没旱得这么严重，那时候整个农村旱得像火药似的，我还记得有一年旱得所有的狼全饿死了，今年好歹下了十五英寸的雨。”

“是啊，可是下得早了点，现在下才好，”卡尔将视线转到乔迪身上，“你还不睡觉去？”

乔迪很听话地站起来，问：“父亲，我可以在草堆里打老鼠吗？”

“老鼠？哦，当然可以，把它们统统杀光！比利说都没有什么好草了。”

乔迪暗中同外公交换了一个满意的眼神，说：“我明天将它们杀得一个都不留！”

男孩躺在床上，想到印第安人和野牛的世界，那个一去不复返的年代。他多么希望自己生活在那个英雄年代啊，但他知道自己不是当英雄的材料。现在活着的人，大概只有比利·勃克配得上做一番当年的事业。那时候的人是一代巨人，是无所畏惧的人，无比坚强的人，如今已经荡然无存！

乔迪越想越激动，眼前仿佛看到当年辽阔无边的原野，那支像蜈蚣爬行的车队，骑着高头白马的外公正在编排着大队人马……他随着外公的队伍前进，直到他们走出大地，不见了，才回到牧场。他听到外面的狗窝里有一条狗正在捉跳蚤，听见它每扑一下拍到地板的声音。不一会儿，外面又刮起风，吹得柏树嘎嘎吱吱直响，听着听着，乔迪睡着了。

通知吃早餐的三角铁被敲响之前半个小时，乔迪就已经起床了。经过厨房的时候，母亲正在捅炉子，将火弄得旺一点。“你起得真早，要去哪儿？”母亲问。

“出去找一根好棍子，我们今天要打老鼠。”

“我们？”

“怎么啦？外公和我呀。”

“你又拉着外公一起。你这孩子，总是拉着别人，生怕自己挨骂。”

“我马上回来，准备好棍子再吃早餐。”

乔迪随手关上纱门，外面很清凉，是一个蔚蓝色的早晨。小鸟在晨曦中蹦蹦跳跳、忽上忽下地忙着，牧场的猫像短粗的蛇似的，从山下一下子蹿出来。四只猫一直在黑暗中捉地鼠，虽然肚子里填饱了地鼠，却还是围坐在后门，装出一副可怜的样子。喵喵喵地要牛奶喝。

“杂种”和“摔跟头”这两条狗沿着矮树丛一边走，一边嗅，用非常严谨的态度执行着任务。

然而，当小主人一吹口哨，它们猛地抬起头，摇着尾巴跑过来，围着他一边扭动身子，一边打呵欠。乔迪很关切地拍拍它们的头，向前走到风吹日晒的废料堆那儿。

男孩捡了一把旧扫帚柄和一小块一英寸见方的废木头，然后从兜里掏出一根鞋带，将它们两个松松地系在一起，做成一条连枷。他把这个新式武器在空中一挥，打在地上试试，两条狗吓得跳到一边，狂吠了好一阵儿。

乔迪向回走，经过牧场房子，朝草堆走去，想去确认一下“屠杀”现场。坐在后门台阶上的比利·勃克喊他：“你还是先回来吧，再有一两分钟就吃早餐了。”

男孩折回来，将连枷靠在台阶上，说：“这是赶老鼠用的，它们肯定都长胖了。不过，那些老鼠肯定不知道自己今天要遇到什么事。”

比利·勃克富有哲理地说：“它们不知道，你也不知道，我也不知道，没有人能知道。”

比利的话顿时将乔迪说糊涂了，不过男孩知道这些话是对的。这时，母亲走出来，站在后廊敲打那块三角铁，各种想法立马都沉了下去。

他们坐在餐桌旁的时候，外公还没有来。比利指指他的空位子，问：“他挺好的吧，没有生病吧？”

蒂弗林太太说："他穿衣服慢着呢！还得捋胡子，擦鞋，刷衣服。"

卡尔给玉米粥放上糖。"率领一支车队横跨平原的人，穿着一定非常考究啰。"

蒂弗林太太冲着他喊道："卡尔，你别这样！拜托你别这样！"她的语气中威胁多于请求，将卡尔惹火了。

"那么，你说，我还得听多少遍铁板的故事，听多少遍三十五匹马的故事？那个时代已经结束了！既然已经结束了，他为什么不把那些事忘掉？"卡尔越说越恼火，几乎吼起来："为什么非得讲了一遍又一遍？他穿过大平原，是的，这没错！但现在那件事结束了，谁也不想没完没了地听一次又一次！"

进厨房的门轻轻地关上了。坐在餐桌旁的四个人一动不动。卡尔将舀粥的勺子放在桌子上，用手指摩挲着自己的下巴。

这时，餐厅的门开了，外公走了进来，嘴边挂着不自然的笑容，跟大家打招呼说："早上好！"说完坐下来，看着自己的那盆粥。

卡尔却不肯收场，问："您，您听见我刚才说的话了吗？"

老人猛地点了一下头。

"我不知道自己是怎么回事，父亲，我不是有意的，刚才是开玩笑呢。"

乔迪怯生生地看向母亲，紧张得大气都不敢喘一下。她正盯着自己的丈夫，恨他把话说得如此糟糕。

老人将目光投向别处，轻声说："我尽量叫自己正常一点。我不生气，也不在乎你说的话，你说的可能都对，我也注意到这一点。"

卡尔连忙说："不是那样的。我今天早晨有些不舒服，对不起，我刚才说的话不对。"

"卡尔，别觉得抱歉。人一旦上了年纪，有时候看事情不清楚。可能你是对的，横跨平原的时代已经结束，既然结束了，也许该将它忘掉。"

卡尔站起来，说："我吃完了，干活去了。您慢慢吃。比利！"说完，他逃也似的离开餐厅。比利将剩下的早点大口大口吃掉，立刻跟了出去。

乔迪却不能离开，他问外公说："您不愿意再讲故事了吗？"

"怎么？我当然愿意讲，不过只在别人想听的时候讲。"

"我想听，外公。"

"啊哟，你当然想听，可你是一个孩子。这是大人的事，可只有小孩子愿意听。"

乔迪站起来，说："外公，我在外面等你，我还做了一根打老鼠的好棍子呢！"

男孩在大门口等着，外公出现在门廊的时候，他开心地喊道："咱们这就去吧，打老鼠去！"

"我还是晒晒太阳吧，乔迪，你打吧。"

"您喜欢用棍棒的话，就把棍子给您。"

"不用，我在这里坐一会儿。"

乔迪只好悻悻然地朝旧草堆走去，尽量让自己去想那些胖乎乎、肉墩墩的老鼠，以提高打老鼠的兴致，一边走，一边用连枷敲着地面。狗在他的周围起哄般狂吠，他突然觉得自己不能去。

于是，他往回走，见外公坐在那里，看上去又瘦又小，黑黝黝的。

乔迪不去打老鼠了，坐在外公脚边。

“这么快就回来了，打死老鼠了吗？”

“没有，外公，我过两天再去打。”

清晨的苍蝇贴近地面，嗡嗡嗡地飞着。蚂蚁在台阶前面爬来爬去，山上吹来浓郁的鼠尾草气味，门廊上的木板让朝阳晒得暖融融的。

乔迪沉浸在清晨的感受中，外公说话的时候才回过神。

“如果按我现在的心情，真不该在这儿待着。”老人端详一会儿自己那双强壮却衰老的手，接着说：“我好像也感觉到当年横跨平原没有什么意思。”他望向山坡，目光停留在树枝上一只一动不动的老鹰那里。

“我讲那些过去的故事，想告诉大家的并不是故事本身，而是希望大家在听的时候感受一下。

“印第安人，冒险的经历，横跨到这里来，其实这些事都没有什么了不起，相当于一大群人变成一头巨大的爬行动物，一直往西走，往西走。人人都有自己的打算，但这头巨大的动物要求的只是往西走。我是首领，领头的，如果我没做，也会有别人领头，凡事总得有个带头人。

“大白天，矮树丛下面的树荫都是黑的。当我们终于见到山的时候，忍不住叫喊起来。但关键的不是到这儿来，而是向前走，向西走。我们将生活带到这里，像蚂蚁推蛋似的，把生活固定下来，而我是领头的。向西走这件事像上帝一样伟大，慢慢地，一步一步向西走，越走越远，越走越远，直到走完陆地。

“最后，我们走到大海边，这就结束了。”外公停下来，擦擦眼睛，擦得眼圈发红。“我要讲的是这一点，不是故事。”

乔迪看着外公，说：“也许有一天我也会带着人们向西走。”

老人惊讶地看着外孙，突然笑了，说：“继续向西已经没有地方可走啦，那头是海，过不去。海边住着一群痛恨大海的老头子，因为它挡住了他们的去路。”

“我可以坐船呀，外公。”

“没有地方可去，乔迪，到处都被占领了。但是，这并不是最糟糕的，最糟糕的是，人们已经没有那种向西去的精神了，不再渴望向西去，已经完了。你父亲说的对，已经结束了。”老人在膝盖上交握着双手，怔怔地望着它们。

乔迪觉得心里很难受，说：“您来一杯柠檬水吧，我去给您调。”

外公正想说不要，看到外孙的脸色，话到嘴边改口说：“好的，喝一杯柠檬水吧。”

乔迪跑到厨房，母亲正在洗早餐用过的最后一个盆。“我可以拿一个柠檬给外公调杯柠檬水吗？”

母亲学着儿子的腔调说：“再多要一个给你自己调一杯。”

“不，母亲，我不要。”

“真讨厌，乔迪。”母亲突然停下来，温和地说，“到冰箱里拿一个吧，我去帮你拿榨汁机。”

早餐

每次想起这件事，我心里就会有一种令人愉快的满足感。

说起来也真奇怪，我竟然记得非常清楚，连当时最小的细节都历历在目。我曾多次回忆这件事，总能在记忆中的朦胧之处猛然想起一个新细节，随即生出一种美妙温馨的感觉。

那是在凌晨时分，东边山峦尚是一片蓝黑色，但山背后却晨曦微现，一抹淡红色渲染着山峦边缘，当这抹红光向高空移升时，色泽却越变越冷，越变越淡，越变越暗，等接近西边天际的时候，就会与漆黑的夜空融为一体。

我置身在这座山谷中，泥土呈现着拂晓时特有的灰紫色。天真的很冷，虽然还算不上严寒刺骨，但也将我冻得耸肩缩背。我拖着有些僵麻的双脚，搓热双手插进裤兜里，沿着乡间土路向前走。

突然，我看到前面有一座颜色比泥土略淡些的帐篷，帐篷旁边有一只生锈的小铁炉，从缝隙中可以看到里面闪烁着橘红色的火苗，短粗的烟筒喷出一股灰色的浓烟，烟柱直升向上，好一会儿才在空中飘散。

火炉旁站着一位年轻的妇女，不对，应该是一位姑娘。她穿着一件褪色的布衣裙，外面罩着一件背心。我走近以后，才发现她的臂弯里搂抱着一个婴儿，婴儿的头暖暖和和地包在背心里面，小嘴正在美美地吮奶。

这位年轻的母亲不停地忙来忙去，一会儿掀开炉盖加强通风，一会儿拉开烤箱门看看里面的食物。她的每个动作都那么准确娴熟，那个婴儿一直在吮奶，既没有影响她干活，也没有影响她转来转去时美妙的身姿。铁炉缝隙中透出的橘红色火苗，将灵动的身影投映在帐篷上。

一股煎咸肉和烤面包的香味扑鼻而来，啊，这简直是世界上最令人感到愉快和温暖的气味！这时，东方天际已然亮起来，我走近火炉，伸出手烤火，触到温暖的气息，身体不由自主地震颤一下。

突然，帐篷的门帘向上一掀，出来一位年轻人，后面跟着一位老人。他们俩长得很像，都是瘦长脸，都穿着崭新的钉着闪亮铜纽扣的粗蓝布外套。年轻人蓄着短黑的胡子，老人蓄着花白的短胡子，两个人的头和脸都水淋淋的，头发滴着水，胡子挂着水珠，面颊闪着水光。他们默默地并排站着，望向逐渐明亮的东方，又一同打了个哈欠，看向山边的亮处，最后在转身的时候看到了我。

“早。”老人跟我打招呼说，脸上的表情不冷不热。

“早，先生。”我说。

“早。”年轻人说。

他们脸上的水渍还没有完全干，一起走到火炉边烤手。

姑娘一直没停下来干活，微低着头，聚精会神地忙着。她的马尾辫梳得非常整齐，发束随着忙碌的身影甩来甩去。她把几个马口铁水杯、几只铁盘、几份刀叉摆在一个大包装箱上，然后从油锅里捞出煎好的咸肉片，放在一个平底大铁盘上，卷曲起来沙沙作响，看上去煎得又松又脆，恰到火候。接着，她打开生锈的铁烤箱，取出一个正方形的铁盘子，上面摆满烤得松松的发酵大面包。

热面包香气扑鼻，两位男士深深地吸了一口气，年轻人低声说："耶稣基督！"

老人回头问我："你吃过早饭了吗？"

我老老实实地回答："没有。"

"跟我们一起吃吧。"

我欣然接受了邀请，同他们一起走到包装箱旁，围着箱子蹲在地上。

年轻人问我："你也去摘棉花吗？"

"不是的。"

"我们已经摘了十二天了。"

姑娘在火炉那边说："还领到新衣服了呢。"

两位男士低头瞧着自己的新衣裤，一起笑了。

姑娘摆上那盘咸肉，大个的黑面包，一碗咸肉汁，一壶热气腾腾的咖啡，然后也蹲在纸箱旁。婴儿的头部暖和地包在背心里面，还在吮奶，能听到小嘴发出的咂咂声。

我们在自己的盘子里放满面包和咸肉，浇上咸肉汁，又在咖啡杯里加了糖。老人把嘴塞得满满的，仔细咀嚼了好一阵儿才咽下去，感叹地说："万能的上帝啊，真好吃！"接着又塞满嘴巴。

年轻人说："我们已经吃了十二天的好东西。"

我们每个人都在狼吞虎咽，都将再次放满盘子的面包和咸肉吃得精光，直到把肚子撑得饱饱的，身体暖暖的。热咖啡烫得嗓子火辣辣的，我们全然不在意，把杯底剩的咖啡连同渣子都泼在地上，再将杯子斟满。

阳光有了色彩，但这种发红的亮光反而使天空越发显得寒冷。那两位男士面对着东方，面容被晨曦照得闪闪发光。我抬头望着他们，看到老人眼眸中映着一座山峦的影子，还有一道正越过山峰的亮光。

他们把杯子的咖啡渣倒在地上，一起站起来。老人说："该走了。"

年轻人转向我，说："如果你想去摘棉花，我们可以帮忙介绍。"

"谢谢好意，不用了，我还得继续赶路。谢谢你们的早饭。"

老人摆摆手说："不用谢，我们很高兴见到你。"说完，他们一起走了。

东边天际燃起一片火红的朝霞。我独自顺着那条乡间土路，继续向前走。

事情经过就是这样，很容易理解它为什么令人感到愉快，但这件事本身却具有一种无法比拟的美，使我每次回忆时都有一股暖流浮上心头。

开小差

斯莱戈和朋友无精打采地消磨着他们四十八小时的假期。阿尔及利亚的酒吧八点钟打烊，可他们早就喝得醉醺醺的了。两个人带着一瓶酒，到海滩一躺，继续喝起来。

海边的夜晚温度适宜，非常舒服。他们喝完那瓶酒以后，干脆脱掉衣服，坐在海水里，只留着脑袋露出水面。

斯莱戈感叹地说："哎，老弟，真够舒服的哟！那些花很多钱来到这里的家伙，不就是为了像咱们这样嘛，我们可是一分钱都没花啊。"

朋友不以为然地说："我宁愿此时待在十号街的家里！除了那里，我不愿意待在任何地方，我要看到老婆，要看到今年美国的棒球联赛！"

"你可能还要一个耳光！"斯莱戈调侃他说。

"我要到希腊人开的饮食店里去，喝一杯双料巧克力，要加麦精和六个鸡蛋！"朋友一边说，一边稍稍浮起身体，以免海水灌进嘴里，"这个地方实在太闷，闷得令人发慌，我喜欢科尼。"

"那里到处是游客。"斯莱戈说。

"这里实在闷得慌！"朋友强调说。

“说到棒球联赛，我倒真想去打一场。自己一个人的时候，总忍不住想开小差逃跑。”斯莱戈说。

“就算你能跑掉，又能跑到哪里？根本无处可去！”

斯莱戈说：“我要回家，我要看棒球联赛，我要第一个到达看台上，像1940年那样。”

“你回不了家，没办法回家。”

刚下肚的酒使斯莱戈泛起一阵阵暖意，温和的海水令人十分惬意，他脱口说了一句：“我有钱，我能回家。”

“多少钱？”

“二十元。”

“你不可能有钱。”

“你要跟我打赌吗？”

“赌就赌，你什么时候给钱？”

“我才不会给钱呢，是你给钱。我们上去抓紧时间打个盹儿吧……”

码头上停着的那几条船运来登陆艇、坦克、部队，此时正在装运废钢烂铁，还有从北非战场上运来的受损军事装备——这些东西将送到高炉中熔炼，以制造出更多的坦克和登陆艇。

斯莱戈和朋友坐在一堆木条箱上，看着这些船。这时，高地上下来一支分遣队，押着一百名要用船运到纽约的意大利俘虏。

那些可怜的俘虏衣衫褴褛，穿的是美式咔叽军服，有的衣服破得很不是地方。他们停在跳板前，等候上船的命令，看上去没有一个人为即将去美国而沮丧。

朋友说："你看他们，真不公平！他们要去美国，而我们却得待在国外。斯莱戈，你在干吗？为什么一个劲儿地往裤子上蹭油？"

斯莱戈说："二十块，你记住，我会找你要钱的！"他站起来，扯下头顶外国产的帽子，扔给朋友。"老弟，这个送给你吧！"

"你要干什么，斯莱戈？"

"别跟着我，你这个笨蛋！二十块，不要忘了！再见，以后在十号街跟你见面！"

朋友疑惑地看着斯莱戈往前走，穿着油污的裤子和撕破的衬衫，大踏步地走着，离那些俘虏越来越近——趁着没人注意的时候，一下子挤进俘虏队伍中，然后光着头站在那里，转身看着他的朋友。

上船的命令传下来，分遣队押着俘虏上了跳板。斯莱戈哀怨地嚷着，夹杂着一些意大利口音："我不应该在这儿，你们不能把我带到船上！"

一个士兵对他吼道："闭嘴，你个杂种！我不在乎你是不是在布鲁克林住了十六年，赶紧上跳板！"

假装不愿走的斯莱戈被推上跳板。朋友在那堆木条箱上羡慕地望着。斯莱戈走到船的栏杆前还在申辩，挣扎着要回到码头，夹杂着一些意大利口音尖叫着："我是美国人，美国士兵，你们不能把我带到船上！"

朋友看到斯莱戈还在挣扎，抬起胳膊打了那个士兵一拳。挨打的士兵举起军棍，照着斯莱戈的脑袋砸了一记，斯莱戈倒在船上被抬走了，就这样大功告成。

“这个坏小子！”朋友暗自嘟囔着，“这个坏小子还真有一手啊。那些士兵会想办法将他救醒的，那么多双眼睛看着呢！哎哟，我的天，他还惦记着那二十块钱呢！”

斯莱戈的朋友在木箱上坐了好一阵儿，直到船解开缆绳，拖船将其拖离反潜网，才离开那里。

他看到那条船驶进船队，又看到几艘驱逐舰驶到附近，为船队护航。他垂头丧气地跑到城里，买了一瓶阿尔及利亚酒，转身向海滩走去，想以睡眠打发四十八小时的假期。

诺贝尔文学奖
青少年读库

少年读诺奖经典
伟大的小说